ハヤカワ文庫 SF
〈SF2477〉

宇宙英雄ローダン・シリーズ〈735〉

アンゲルマドンの医師

ペーター・グリーゼ&アルント・エルマー
安原実津訳

早川書房
9155

PERRY RHODAN
IMPULSE DES TODES
DER ARZT VON ANGERMADDON
by
Peter Griese
Arndt Ellmer

Translated by
Mitsu Yasuhara
First published 2025 in Japan by
HAYAKAWA PUBLISHING, INC.
This book is published in Japan by
arrangement with
HEINRICH BAUER VERLAG KG, HAMBURG, GERMANY
through JAPAN UNI AGENCY, INC., TOKYO.

目次

アンゲルマドンの医師

死のインパルス

ペーター・グリーゼ

登場人物

ペリー・ローダン…………銀河系船団最高指揮官
アンブッシュ・サトー……超現実学者
セッジ・ミドメイズ………《シマロン》首席医師
アーバン・シペボ…………惑星ヘレイオスの技術者。シントロニカー
ノビー・シペボ……………アーバンの息子
デグルウム
ガヴヴァル
シルバアト
…………………アノリー
ショウダー…………………もと将軍候補生。カンタロ
ロディガー
フォラム
…………………捕虜。カンタロ

1　爆発

ノビー・シペボの人生は、おもに大小さまざまな問題の寄せあつめからできていた。そのほとんどは、平均的な十四歳の少年が抱えがちな問題だったが、残りの一部は、かれの家族が暮らす特殊な環境に起因していた。

ノビー・シペボは惑星ヘレイオスで生まれ、これまでの人生をずっとここで過ごしてきた。その事実がすでに、かれについてのほぼすべてを物語っているといってもよかった。どんな気持ちでいるのかも、どんな願望を持っていて、なにに憧れているのかも。いつかこの惑星を離れることができるのかどうか、少年にはわからなかった。自分はこの土地に根づいていると感じていたが、その一方ではここをひどく嫌ってもいた。かれがひそかに見る夢のなかには、日々向きあわねばならないここでの暮らしとは別の人生のイメージが隠されていた。

最悪なのは孤独だった。四人家族で暮らしていても、孤独であることに変わりはなかった。母親のマーラは生物学者で、日常の家事をこなす以外の時間はすべて、植物栽培施設を維持するためについやしていた。それはみずからの意思でしていることで、抵抗組織〝ヴィッダー〟からの指示ではなかった。

ノビー・シペボは植物には興味がなかった。

正直にいうと、ヴィッダーという組織にも興味はなかった。自分たち家族は全員がそのメンバーで、あのユーハミですら、実はヴィッダーの一員として名を連ねているのだが。

少年にとって十八歳の姉のユーハミは、遊び相手としても話し相手としてもものたらず、ただの理解不能な存在でしかなかった。ユーハミが興味を持つのは、くだらない流行《はや》りものか、自分の運動能力を伸ばすことだけで、どちらも十四歳の少年の空想世界にはそぐわないものだった。

ノビーは姉が嫌いだったし、それを隠そうともしていなかった。

父親のアーバン・シペボは仕事で多忙をきわめていた。

ヴィッダーの司令本部がヘレイオスに移る前からそうだったが、その後は前よりもっといそがしくなった。いまはアンブッシュ・サトーとかいうあやしげな男が父親を独占していて、ノビーとは何日も顔をあわせないことも珍しくなかった。

ノビーは孤独を、仕方のないものとしてある程度は受けいれていた。それ以外を知らなかったし、その状態はどのみち変えようがなかったからだ。しかし父親は、息子が健全に成長するために必要ななにかが欠けていることに気づいていたようだった。ロボットによる教育を受けることだけが息子の毎日であってはならないし、これといってすることもなく、自由な時間をただ持てあますだけの日々であってはならないと考えているようだった。ノビーのまわりには、成長過程には不可欠な、いっしょに遊んだり、いたずらをしたりするような同じ年ごろの子供や友人もいなかった。

ノビー・シペボは充分に賢かったため、自分の問題の根本原因がどこにあるかを正しく見きわめていた。ノビーがいま問題を抱えているのは、二十五年以上前に、両親が自発的にここでの任務を引きうけたせいだった。ノビーにとっては、楽しく暮らせる場所というより牢獄のような、このろわしい惑星のせいだった。ヴィッダーという組織が、このヘレイオスに割りあてた役割のせいだった。

二年近く前までのヘレイオスは、のどかで平穏な場所だった。ノビーはそのことも不服だったので、ヴィッダーの司令本部がヘレイオスに移転し、この惑星に変化が起きると知らされたとき、自分の単調な生活にもついに変化が訪れると期待した。だが予想に反して、やってきたのはほとんど大人ばかりだった。しかもかれらはひどくいそがしく、おまけに、ほとんど世捨て人のように育った十四歳の少年の欲求や関心になど、まるで理解がなかった。

ずいぶんと大げさに聞こえるかもしれないが、少なくともノビーは自分を世捨て人だと感じていた。ことあるごとに、この言葉を使って周囲に自分の思いを伝えてもいた。だがそのたびに、大人たちから嘲笑された。大人たちは結局、こんな環境にいる少年の気持ちなど、なにひとつわかっちゃいないのだ。

ヘレイオスは、何百年ものあいだ眠りのなかにいた。目ざめたのはつい最近のことだ。なぜそうなったのかには、ノビーはほとんど興味がなかった。ヴィッダーは、拠点惑星アルヘナの司令本部を放棄しなくてはならなくなったと父親はいっていた。これからは、ヘレイオスが組織の中心地になるだろう、と。

そしてそれは現実になった。だが少年が期待した変化は起こらなかった。起きたのは、マイナスの変化だけだった。父親の仕事はさらに増えた。遊び相手もいないままだ。いままでは惑星フェニックスの自由商人たちもここにきていたが、かれらもやはり、子供を持つことには価値を見いだしていないようだった。大人、大人。どこを見ても、あたりには大人しかいなかった。

ノビー・シペボは世捨て人のままだった。

何年か前に、すでに息子の生育環境に問題があると気づいていた父親は、ノビーにオリファンをつくってくれていた。せめて遊び相手を与えてやろうとしたのだろうが、それではまだ不充分だった。オリファンは、空飛ぶ小型のシントロニクス以上のものではなかったからだ。

母親は、この遊び相手の名前の由来について説明をしてくれた。人類の起源である世界に、ローランという英雄が登場する古い伝説があって、その英雄が持つ魔法の角笛がオリファンという名前なのだそうだ。ノビーは伝説にも人類の起源の世界にもさして興味はなかったが、その謎に満ちた惑星が、地球、あるいはテラという名前であることは知っていた。

そしてその世界は、はるか遠くにあることも。もう一度かの地を訪れたいと、大人たちは頻繁に憧れを語っていたが、その場所になにを求めているのかを、少年に具体的に説明できる大人はいなかった。

ときにはノビーのすぐそばで、その夢が語られることもあった。そんなとき、大人たちはその惑星がひどく特別な場所ででもあるかのような口ぶりで話をしたが、なにがそれほど特別なのか、ノビーには理解できなかった。けれどもそれは、もしかするとノビーがヘレイオス以外を知らないせいなのかもしれなかった。授業中、ロボットがほかの惑星の画像を見せてくれることもあったが、それらを実際のものとしてイメージするのは、ノビーにはむずかしかった。

テラの歴史についての知識もあまりなかった。伝説的な地であるらしい地球も、ノビーにとってはなんの意味もなかった。自分とは無関係の、過去の遺物にすぎなかった。だがその一方で、故郷世界であるヘレイオスの歴史やそれにまつわることなら、細かな点までとことん知りつくしていた。

〝ヘレイオス〟は、テラの神話に登場するペルセウスの息子の名前だ。銀河系の惑星にも、それ以外にも、太古の伝承に出てくる人物の名前がつけられているものはたくさんあった。

神話の英雄、ペルセウスはゼウスとダナエーの息子だ。かれは見た者を石に変えてしまう邪悪なメデューサを殺害し、アンドロメダを救いだした。こんなふうに、伝えられている物語の短い要約のなかにさえ、ノビーは人類の歴史にとって重要な意味を持つ名前を複数見つけることができた。

ヘレイオスは、恒星セリフォスに十二ある惑星の第四惑星で、ペルセウス宙域にあるブラックホールから銀河系の中枢の方角へ四・八光年離れたところにある。だがその恒星にセリフォスという名前がついたのは、そう昔のことではなかった。なぜならヘレイオスと同様に、その存在はヴィッダーによって隠されていたからだ。

七百年近く前、ヘレイオスには宇宙ハンザの秘密の商館があった。当時の建物は、地上にはほんのわずかしか残っていないが、地下の施設はほぼすべてが現存している。そのころ、この惑星にはまだ名前がなく、秘密のコード名があるだけだった。

現在の名前がついたのは、ホーマー・G・アダムスがこの基地の存在を思いだし、いざというときのために復活させたのがきっかけだった。しかし、NGZ四五五年以降、ヘレイオスの人口が二十人を越えたことはめったになかった。〝眠れる〟基地を存続させ、いつか必要になったときに備えてゆっくりと拡充をしていくことが、かれらの任務だった。

数百年間、ヘレイオスは、ヴィッダーにとって戦略的な意味を持たない場所だった。それでもアダムスは、機会があるごとに基地の強化をはかり、希望者を募って、少人数ではあるが、ここに配置される人員も絶やさないようにした。

そうしてひと組のカップルが、二十七年前にこの寂しい場所にやってきた。アーバン・シペボとマーラ・シペボだ。ほかのヴィッダーのメンバーとはちがい、ふたりはこの土地にきても、自分の子供を持つという意思を変えようとはしなかった。またそれを禁じる法律も存在しなかったため、ユーハミと、正式な名前をノブスヌミというノビーが、生粋《きっすい》のヘレイオス人としてここで生まれた。

アルヘナからヘレイオスへの大がかりな移転の前から、ヴィッダーはつねに最新の設備をここに運びこんでいたことを、ノビーは父親から聞いて知っていた。それらをとりつけ、テストし、稼働させるのも、アーバン・シペボの仕事だった。それらの多くは、宇宙を監視するための設備だった。敵であるカンタロがこの惑星を発見し、支配下におさめようとする可能性がないとは決していいきれないと、ヴィッダーは考えていたからだ。

しかし、それが現実になることはなかった。もしかするとこの平穏はただの見せかけなのかもしれないが、それでも平穏であることにちがいはなかった。いずれにせよ、ノビーにとっては、ここがカンタロのものになるなどまるで現実味がなかった。未熟なノビーの想像の世界には、攻撃をしかけるカンタロは似つかわしくなかったからだ。かれの身勝手な意見によれば、そうした戦いは、星々やブラックホールのあいだの、ここから遠く離れた宇宙のどこかで行なわれるはずのものだった。

ヴィッダーのトップであるホーマー・G・アダムスは、以前から不定期にヘレイオスにきて、つかのまの休息をとったり、ここにある装置で実験を行なったりしていた。ノビーも何度か見かけたことはあったが、重要な人物であるかれと話す機会は、少年には一度も訪れなかった。

けれど最近になって、ものごとの重点が少し変化した。ヘレイオスがヴィッダーの新たな本拠地に定められたのもそのひとつだが、少年の目には、アダムスが以前ほど輝かしい存在には見えなくなった。ノビーと教師役のロボットにとって伝説だった人物が、ふたたび姿をあらわしたからだ。その人物とは、ペリー・ローダンだった。

ノビー・シペボはローダンにまつわるある大発見をし、それ以来、かれにすっかり魅了されていた。その発見は、少なくともノビーにとっては神秘的で、同時に少しおっかなくもあった。だが、それをだれかに話したことはまだ一度もなかった。ペリー・ローダン本人にだけ打ちあけようと、ノビーは心に決めていた。そしていつの日か、ローダンの以来、ノビーはかれの情報を片っぱしから集めていた。テラナーが姿をあらわして以来、ノビーはかれの情報を片っぱしから集めていた。そしていつの日か、ローダンのように偉大ですばらしい人物になりたいと、ひそかな願望を抱くようになった。

それに、その発見が示唆《しさ》するところが正しければ、自分の願望はいつか現実になるかもしれなかった！　そうなったら、姉は弟にいまよりもっと関心を向けてくれるようになるかもしれない。あるいは、ノビーの求めに応じて、ばかげた流行りもの以外にも興味が向くように、脳を治療する気になってもらえるかもしれない。

しかし、それほどペリー・ローダンに魅了されているというのに、少年は実際の出来ごとにはほとんど興味がなかった。テラナーやヴィッダーがなんのためにさまざまな場所で戦いをくりひろげているのかを考えたことはなかったし、少し前に《バジス》という巨大な宇宙船がここにあらわれたときでさえ、心を動かされなかった。

ヘレイオスはとても暖かな世界だったが、ノビーは生まれたときからこの気候に慣れているため、暑さは両親ほどには気にならなかった。外気温の平均は、一年三百七十日を通して、摂氏二十度をはるかに上まわっていた。

ヴィッダーの基地がある、最大の大陸の標高三千メートルの場所でさえ、ほぼ全域に熱帯の原生林が生いしげっていた。森林限界線は、平均的な惑星ならつねに氷におおわれているはずの、四千五百メートルあたりにある。ヘレイオスは蒸し暑く、豊かな植物相を形成するには理想的な気候だった。

ヴィッダーの司令本部は、最大の大陸の山塊内部にあった。地下三キロメートルの深さがある十階建ての建物で、各フロア、一キロ平方メートルの面積がある。そのうち完成しているのは三分の一だけだったが、その三分の一ですら、アルヘナから本拠地が移転してきたいまでも、すべてが使われているわけではなかった。

その隣りには、建設途中の二十の空洞があって、完成すれば、直径三百メートル、あるいは百メートルの宇宙船をとめる格納庫として使われる予定になっている。格納庫と司令本部の建物とは、通洞によって結ばれていた。

一方で、地上にある建物のほうは、それらと比較するとひどく質素に見えた。しかもジャングルにある小さな空き地にぽつぽつと建てられているため、宇宙からはほとんど認識できない。それらはヘレイオスに常駐しているメンバーのための住宅で、二十軒ほどあるそのなかの一軒に、シペボ一家も住んでいた。

ノビーは自宅周辺のエリアを隅々まで熟知していた。傍目《はため》にはわからないように偽装してある地下への入口や、換気ダクトのある場所はぜんぶわかっていたし、そこへたどり着くまでの道沿いにあるものも、すべて把握していた。どこに藪があるのかも、踏みならされてできた小道がどこにあるのかも、どこにどんな石が落ちているのかも。

父親に連れられて、基地の最上階の二階部分にある使用中のエリアに入ったことは何度もあった。そのため、そのエリアのことにも詳しかった。重要な倉庫がどこにあるのかも、研究室や実験室や基地のシントロニクスがどこにあるのかも、すべて正確に把握していた。

その下のエリアへは、ノビーが十六歳になったら連れていこうと父親は考えているようだった。そして十八歳になったら、ヘレイオスに四つある衛星のどれかを訪れることになっていた。アルカイオスという名の最大の衛星にあるらしい探知機や通信機には、もとから関心を持っていたが、オリファンからはなにも情報を得られないだけに、ノビーはよけいに興味をかきたてられていた。シントロニクスの遊び相手には、ヴィッダーに関する知識はほとんど与えられていなかった。

エレクトリュオン、メストル、ステネロスというそれ以外の衛星についても、オリファンはたいしたことは知らなかったが、ノビーはそれらにも防衛のための設備が置かれているのだろうと推測していた。なぜなら大人たちや父親は、基地の防衛対策は絶対に不可欠だと、いつもそればかり話していたからだ。大人たちはいつだって、まるでどの木のうしろにもカンタロがいて、耳をそばだててこちらの秘密を探っているかのような言動をとるのだ。

NGZ一一四六年四月二日。ノビー・シペボはその日、一日の学習ノルマを早めに終えた。ロボットも、学習の進捗《しんちょく》状況には満足しているようだった。家のなかでは、このロボットがさまざまな役割をまかされていた。植物栽培施設に母親が充分時間をかけられるようにするためで、家の裏手にある苗床や温室は、あたりの原生林とは、低い柵で仕切られていた。

少年は、ノースリーブのシャツとショートパンツといういでたちで、軽いサンダルを履いていた。この気温では、それ以上は必要なかった。オリファンを呼ぶと、シントロニクスの遊び相手は音もなく飛んできた。ふたりは連れだって自宅をあとにした。

「小川まで行こう」と、ノビーは空飛ぶシントロニクスにいった。かれの短い褐色の髪は、すぐに湿気を帯びてしっとりしたが、それはノビーにとってはごくふつうのことだった。「おとといつくりはじめた土手を完成させたいんだ。そのあとは、堰《せ》きとめた水に入れる魚も何匹か捕まえなきゃな。母さんはきっといやがるだろうけど、黙っていればわかりっこないさ」

こうした無害なくわだてに、シントロニクスの遊び相手が異議を唱えることはなかった。オリファンが口を出すのは、ノビーがかなり無謀なことをしようとしているときにかぎられていた。

オリファンの大きさは半メートル弱。先端がとがり、内側に丸まった円錐形をしている。名前のとおり形は角笛に似ていたが、当然のことながら、その中身は空洞ではなかった。

アーバン・シペボは底面に、マイクロ工法でつくった反重力装置をとりつけていた。それ以外の部分には、シントロニクスベースのさまざまなセンサーやマイクロモジュールが埋めこまれている。そして表面には、数十種類のセンサーのほか、通信機器も装備されていた。

シペボは多方面に精通する優れた技術者であり、シントロニカーでもあった。そのシペボが息子に遊び相手を与えるために、余暇を利用して設計し、ヴィッダーが備蓄している部品でみずから組みたてたのがこのロボットだった。

つまりオリファンは、ほかに類するもののない唯一無二の個体だった。思春期の少年の完璧な話し相手であり、会話を通してそれとなく、ノビーにたくさんの雑多な知識を授けてもいた。しかもノビーには知らされていなかったが、特殊な監視メカニズムを備えてもいて、自宅にいるロボットと、シペボがいつも身につけている携帯型報知器の両方とつねに接続されていた。しかし、その装置が警報を発したことは、これまでに一度もなかった。シントロニクスの報知器が作動するような危険な状況に、ノブスヌミがおちいったことはまだ一度もなかったからだ。

「よく考えてみたけど」少年の声を模した合成音声でオリファンはいった。「残念ながら、きみが出したペリー・ローダンのなぞなぞは解けなかったよ」

「じゃあもっとよく考えるんだな」ノビーは、地下基地への入口をわかりづらくするために植樹してある並木のほうへと足を向けた。「ぼくとローダンに共通するのはなにかを突きとめるんだ。答えはとてもかんたんだよ」

「ヒントをくれよ！」シントロニクスの遊び相手が乞うようにいった。「きみとペリー・ローダンに共通するものなんて、なにひとつ見つからないよ」

「まだヒントは出せない」少年は拒絶した。「出すならあさってくらいかな」

ノビーは先を急いだ。円錐形の機械は、ノビーの頭の高さで揺れながらついてきていた。少し前に出たり、横方向にスライドして低い藪を抜けたりしながら、少年のそばを飛んでいた。木々のあいだからは、ときどき、地下基地の小さな非常用出口が見えることがあったが、ノビーは気にもしなかった。そこから基地に出入りするのは禁じられていた。入ろうとすれば、即座に警報が作動する仕組みになっていた。

父親はいま、この下のどこかで仕事をしているはずだった。少し前から、アンブッシュ・サトーのもとで働いている。だがどんな技術的な問題にとりくんでいるのかまでは、少年は聞かされていなかった。

「そんなことといわずにヒントを出してよ」と、オリファンはいった。ノビーは密生した木々のあいだへと入りこみ、小川につづく傾斜面を駆けおりた。「あさってじゃ遅すぎるかもしれないよ」

はからずもシントロニクスはそういった。データストックから言葉を選び、意味のある文章をつくりあげた結果の発言だったが、そんなふうに口にしたのは、純然たる偶然だったのだろうか。それとも運命の皮肉だったのだろうか。いずれにせよ、あさってでは〝本当に〟遅すぎた。

その瞬間、爆発が起きた……

すべてがあっという間だった。のちに思いかえそうとしても、ノビー・シペボは、細かなことはなにひとつ覚えていなかった。

数メートルの範囲にわたって突如地面が盛りあがり、木も土も岩石も空中へと吹きとばされた。耳を聾《ろう》するような轟音《ごうおん》とともに爆風が森をはしりぬけ、木々が麦藁《むぎわら》のように次々となぎ倒されてゆく。裂けた木片は砕けた岩石と荒々しいダンスをしながら、最高峰の頂《いただき》へと舞いあがっていった。地面の下から何本もの炎の柱が吹きだした。

こぶし大のなにかがノビーの肩を直撃し、シャツを破り、肉を深く引きさいた。ノビーは地面に投げとばされた。

頭を強く打ち、ノビーは意識を失った。棒状の木が投げ槍のように左のすねに深く突きささったが、その痛みはもう感じなかった。木や石のかけらが雨のように降りかかっても、それに気づくこともなかった。

オリファンのセンサーもシントロニクスも、反応することはできなかった。岩石のかけらに直撃され、遊び相手のロボットは一瞬にして粉々になった。破片は四方八方に飛びちった。オリファンに、警報を出せるだけの時間はなかった。

爆風がしだいに弱まると、地表からほど近い爆発地点で生じた吸引力で、砕けた岩石や木片がいっきに地下へと引きこまれた。あとにはクレーターのような大きな穴が残され、意識を失ったノビーは、肩と左のすねに負った傷から血を流した状態で、その縁に倒れこんでいた。かれの額からも血がしたたり落ちていた。

激しい爆発音は、遠くにそびえる山塊の絶壁に反射し、何度も反響をくりかえすうちに、徐々に小さくなって消えていった。ほんの五秒足らずの出来ごとだったが、この短いあいだに、多くのことが変化した。

2 いらだち

アノリーであるデグルウムにとって、自分の感情の波や、個人的に感じたことをおもてに出すのは、実に適切さを欠く行為だった。抱いている感情が、落胆やあきらめだった場合はなおさらだ。

同族の仲間たち全員と同様に、かれはつねに感情をおさえる努力をしてきた。まわりにガヴヴァルとシルバアトしかいないときにはいくらか自分をさらけだしたが、それ以外では、どんな状況においても自制を保ち、心のうちをいっさい漏らさないという原則にしたがった。

デグルウムは、ネイスクール銀河からブラック・スターロードを通って、ジュリアン・ティフラーとともに二年前に銀河系にきた三人のアノリーのまとめ役であり、かれらの意見の代弁者だった。半月型宇宙船《ヤルカンドゥ》の指揮官でもあったし、いつも並行して複数の問題にとりくんでいる意欲的な学者でもあった。

そんな問題のなかでも、いまは特に群を抜いて重要なものがひとつあった。端的にいえば、〝カンタロ〟という名の問題だ。この件に関しても、アノリーが自分の感情をあらわにしたり、心のうちをほのめかしたりすることはやはりなかった。しかし、これまでのはかばかしくない進捗を思うと、かれのなかでは徐々にあきらめが強くなりつつあった。

自分ひとりで考えても、〝あきらめるべき〟という結論が出るときはあったし、かれが〝アドバイザー〟と呼ぶ、左の耳たぶできらめく微小クリスタルのマイクロコンピュータも、その結論に同意していた。しかしそれでも、デグルウムがあきらめるという選択をすることはなかった。この並はずれた粘りづよさや忍耐力も、デグルウムに特徴的な資質のひとつだった。

《ヤルカンドゥ》に乗る三人のうち、もっとも経験豊かなアノリーは、その重要な問題に、みずから率先してとりくんでいた。自由商人の世界であるフェニックスをめぐる戦いで、かれらは捕虜を得た。十七人のカンタロはみな、ペリー・ローダンの仲間や、ヴィッダーや、自由商人の手に落ちた。それはみごとな戦略だし、大いに意味のあることでもある。しかし、アノリーたちにとっては、もっと優先すべき課題はほかにあった。同じ種族にルーツを持つ子孫たちに、かれらのしていることはまちがいであると気づかせること。それこそが自分が果たすべき喫緊《きっきん》の使命だと、デグルウムは信じていた。

捕らえられたドロイドは、戦闘部隊によってヘレイオスに連れてこられた。その後、かれらに関することは全面的に、超現実学者のアンブッシュ・サトーと三人のアノリーにゆだねられ、いまはヴィッダーの地下基地の最上階に収容されている。かれらがいるセクターは、全体が、高性能の拘束フィールドに三重にとりかこまれていた。

セキュリティをさらに強化することはいつでもできるが、その必要はなかった。捕虜は手術によって、調整セレクターと呼ばれる、ごく小さなシントロニクスの制御モジュールをとりのぞかれているからだ。そのため運動能力が制限されており、かなりぎこちない動きしかできなくなっていた。加えて、欠けている調整セレクターを迂回する回路が生じるのを妨げる措置も施されている。かつての自由商人の基地惑星フェニックスで、カンタロで最初の捕虜となったダアルショルとの経験から学んだことを思えば、当然の措置といえるだろう。

訪問者は、構造通路とエネルギー・ロックを使って、自身を危険にさらすことなくドロイドのいる領域に入ることができた。拘束フィールドがとりかこんでいるのは居住セクター全体で、個々のカンタロのまわりではなかったが、それでも、このセキュリティ・システムは問題なく機能していた。

捕虜が自力で抜けだせるとはとうてい思えなかったし、もし脱出できたとしても、からだが思いどおりにならないうえに見知らぬ環境にいるのでは、逃げきれるわけがなかった。外に出てもヴィッダーの支配下にあるも同然で、またすぐに捕らえられてしまうだろう。

デグルウムはそうした事実をすべてきちんと把握していた。超現実学者の指示で、かれとふたりの同行者の居住領域は、重要な研究室が並ぶ場所と、ドロイドの収容場所の中間に用意されていた。かれらの居住領域とそれら二ヵ所のあいだには、そのほかのさまざまな部屋もあり、さらに地下深くへと移動するための主要なシャフトもいくつかあった。

空調設備や換気システムといった施設の維持管理システムは、おもに地下二階に設置されていた。膨大な交換部品が収められている倉庫があるのも、シントロニクスやそのほかの予備が置かれているのもその階だった。

NGZ一一四六年四月二日。その日のデグルウムは、その前の数日とくらべて上機嫌でもなければ不機嫌でもなかった。そんなふうに、自分にはいい聞かせていた。しかし、実際の気分はそうではなかった。

精神やからだの状態は申しぶんなかったが、十七人のカンタロとの対話や交渉にはいまだにこれといった進展がなく、デグルウムは無力感にさいなまれていた。

これまでのところ、アノリーがなにひとつ成しとげていないのは、反論の余地のない事実だった。十七人いる捕虜の、〝ロードの支配者〟への忠誠はまったく揺らいでいなかったし、揺らぎそうな気配すら見えていなかった。

アノリーは平和スピーカーのことを考えた。その技術システムを通して、かれは友たちとはじめてカンタロにいくばくかの真実を伝えることができた。その試みがむだではなかったことは、少し前に起きた、将軍候補生のイッタラーとショウダーの一件が証明してくれた。イッタラーはもう生きていないが、ショウダーは仲間にそむいてここヴィッダーの基地に滞在し、ガヴヴァルやシルバアトやかれ自身と同様に、アンブッシュ・サトーの補佐をしている。

捕虜がここにきてからの二カ月弱のあいだに、三人のアノリーはすでに十二回、かれらのもとを訪れていた。

訪問をはじめた当初、どれほどの苦労を強いられたかは、もう思いだしたくもなかった。落胆しないよう、期待値は文字どおりとろ火程度に絞っていたにもかかわらず、デグルウムは気分が滅入《めい》って仕方がなかった。ドロイドは、アノリーの話に一秒でも耳を傾けることをきっぱりと拒否した。外側からじかにコンタクトをとることも、話すこともできないかれらのセクター内に引きこもったまま、出てこようとはしなかった。

そのころからすでに、あたりにはいらだちが漂いはじめ、この無謀なくわだての望みの薄さを予感させていた。だがそれでもアノリーたちはくじけなかった。平和スピーカーによる呼びかけも、すべてのカンタロの考えを変えるにはいたらなかった。一足飛びの成功など、そうそう手に入るものではないのだ。

結局、デグルウムとガヴヴァルとシルバアトは、足がかりとなる心のつながりを、ごく単純な手段で築くほかはなかった。スペシャリストのアーバン・シペボに音声増幅機能つきの携帯スピーカーを用意してもらい、捕虜のいる部屋すべてに聞こえるように、それを使って語りかけた。

平和スピーカーのメッセージとほぼ同じ内容を一方的に話したあとは、次の訪問の期日をドロイドたちに告げ、きちんとした形で対話ができるよう、捕虜セクターの共用スペースに出てきてほしいとの要望も添えた。

しばらくのあいだは、そのメッセージにはなんの効果も見られなかった。

しかし、五度めにかれらを訪ねたあと、デグルウムとシルバアトとガヴヴァルは、ついにふたりのカンタロに会うことができた。はじめて見えた光明だったが、すぐに勝利にはつながらなかった。どれだけ頼んでも説得をしても、ふたりの捕虜は、自分の名前以外なにもいおうとはしなかった。しかし、少なくとも、ロディガーとフォラムというふたりのドロイドが、じかに話を聞く意思があることを表明してくれた。

数日前に行なわれた十二回目の対話までに、聞き手の数は四人に増えた。ただしアノリーにいわせれば、それはとても対話と呼べるようなものではなかった。依然として、こちらが一方的に語りかけるだけだったからだ。ときどき、ドロイドたちが質問をすることはあったが、それらはどれも一般的な内容で、それまで話したこととはなんの関係もなかった。

回を重ねるごとに、デグルウムはひとりでかれらを訪れることが増えていった。そしてそのうち、対話に出てくるカンタロは、つねに同じではないことに気がついた。ちょっとしたちがいから、デグルウムはかれらを見分けることができた。十二回目の訪問までにあらわれたドロイドは合計九人で、一度しかこなかった者もいれば、何度も参加した者もいた。けれどそれ以外の八人は、まったく姿を見せなかった。

それでも、これまでに半分以上は対話に出てきたわけだから、と大柄なヒューマノイドは自分自身にいい聞かせた。しかし、実際には、なにひとつ進展してはいなかった。四月二日にデグルウムが十三回目の対話のために共用スペースを訪れると、はじめて五人のドロイドが指定の時刻にあらわれた。そのうちふたりははじめて見る顔だったが、そのなかにはフォラムもいた。フォラムは最初に姿を見せて以降、一度も欠かさずに対話に参加していた。その一方でロディガーのほうは、もう二週間以上、姿を見せていなかった。

自分が使える切り札はたったひとつしかないことを、アノリーはよくわかっていた。かれの種族が使う言葉は、翻訳機を使わずとも、カンタロにも理解ができる。かれに有利に働くのはその一点のみで、話の内容は響かなくても、その事実だけはドロイドの興味を引いたようだった。

故郷のネイスクール銀河では、アノリーたちは一般的な通用語であるネイスカムを使っている。ネイスカムは、意味的な構成においても音の形成においても、インターコスモ同様に、原則として平易で発音しやすく、習得可能な言語に分類される言葉だ。

だがネイスカムは、かれらの母国語ではなかった。母国語はアノリー語と呼ばれる言葉で、まったく異なる言語テクニックがもちいられている。動物が吠えるような音や、ガアガアいう鳥の鳴き声のような音から成りたっていて、人間には習得不可能な言語だった。

しかし、タイプの異なるこのアノリー語という言葉は、カンタロ語とは非常に近い関係にあり、それぞれの話者はたがいの言葉で意思疎通ができた。あまり実用性のある言語ではなかったが、平和スピーカーにはアノリー語が使われていた。

つまり、一方的な語りが対話に発展しない原因は、意味的なレベルにはないのだ。それどころか、言語は対話への唯一の足がかりで、カンタロはアノリー語に親しみをおぼえるにちがいないし、信頼を勝ちとるきっかけにもなるにちがいなかった。問題は、話の内容にあるのだ。あるいは、その論理の構築の仕方にあるといったほうがいいのかもしれない。

アノリーとカンタロはルーツを同じくする種族であるということを、デグルウムとガヴヴァルとシルバアトはすでに何度も捕虜に話していた。聞き手はそのことをもうとっくに理解しているはずで、〝ロードの支配者〟というテーマについても同じことがいえた。アノリーはロードの支配者を、ブラック・スターロード網の構築者にちがいないと考えていたが、どういうわけかカンタロは、銀河系を支配する最上級司令本部と同一視しているらしかった。

モラルの価値についても、カンタロがしていることの是非についても、充分すぎるほど話してきた。そこでデグルウムは、今日はきわめて重要な一点だけを話そうと心に決めた。そのほうが、問題の本質がどこにあるのかを理解しやすくなるかもしれない。

「うれしいよ」と、かれは話しはじめた。「こんなに大勢集まってくれて。今日はもう、これまでに何度もくりかえしてきた話をするのはやめにしようと思う。今回は、きみたちの判断基準や未来を大いに左右するかもしれない、たったひとつの点だけに目を向けてほしい」

デグルウムは少し間を置いたが、予想したとおり、反応は返ってこなかった。カンタロの表情からもなにも読みとれない。

「考えてみてくれないか」デグルウムは言葉をつづけた。「自分たちがなにを知っているのかを。われわれの意思疎通がうまくいかないのは、きみたちが自分のルーツに関しても、どこか別の場所にいた上の世代の暮らしに関しても、なにひとつ思いだせないことに原因がある。なぜなにも思いだせないのかを、客観的に、刷りこまれた先入観抜きに、一度自問してみるべきだ。もちろんきみたちは、忘れていることなどひとつもないといい張ることもできる。自分たちより前の世代など存在しなかったのだと。しかし、そんなことはとうてい信じられないし、まるで道理が通らない」

するとと驚いたことに、フォラムが口をはさんだ。

「われわれは、自分たちより前の世代がいなかったと考えているわけではない。ただ、その存在を示唆するものがないのだ。だから憶測をめぐらせたり、なにも信じたりしないほうが、論理的には正しいということになる。それが誤りである可能性は排除できないからな」

「いいだろう」デグルウムはその発言に飛びついた。ようやく会話がはじまる兆《きざ》しが見えた。「なにかを信じる必要はない。だが一度でいいから考えてみてほしいんだ。きみたちの祖先についてわれわれが語ったことが、本当だったらどうだろう、と。ただ単に、理論上の推測だけでかまわない。そうして考えを進めていくと、なぜそれを思いだせないのか、という疑問が出てくるはずだ。実際の過去がどうであったとしても」

聞き手は無言のままだった。

「その答えはひとつしかない。きみたちは意図的に、自分の祖先やルーツについての知識を持たないように育てられたのだ。そう意図したのがだれかはいまは問わないことにするが、きみたちが〝かつて〟を知らないのは、それが存在しなかったからではない。

きみたちの上にいるだれかは、きみたちが種族のルーツを知ることを望んでいないのだ！　それが論理的に考えた場合にたどり着く最初の答えだ。そしてそこからさらに考えると、こんどは、なぜそのだれかはきみたちが無知でいることを望むのかという疑問が生じる」

デグルウムは落胆した。カンタロは、変わらず無言のままだった。仕方なく、デグルウムはひとり語りを続行した。

「上にいるそのだれかは、アノリーのことがいっさいきみたちの耳に入らないようにした。きみたちの祖先についても同様だ。ここまでいえばもう明らかだろうが、そうした知識を持たれると、計画に不都合が生じるのだろう。そう考えれば、その裏に隠された意図も明確になる。そのだれかはきみたちを盲目的に従属させ、利用したいのだ。汚れ仕事をさせる部下には、多くを知らせてはならないというわけだ。そうは思わないか？」

フォラムが顔を上げた。なにかいいたげだったが、適当な言葉を見つけられないようだった。

その瞬間、爆発が起きた……

拘束フィールドは、爆風に反応しなかった。形のある物質にしか反応しないようにプログラムされているからだ。衝撃は一瞬のうちにいくつもの部屋をはしりぬけ、かれらに襲いかかった。カンタロとアノリーは椅子から吹きとばされた。耐えがたい轟音が耳に響き、小さな物体は宙に舞い、硬質プラスティックの壁にたたきつけられた。照明はカバーもろとも、天井から引きはがされた。

そして瞬時に玉虫色に輝くエネルギー壁が構築された。爆風をドロイドの逃亡ととりちがえ、捕虜の身柄を確保するための追加の安全装置が働いたのだ。

どの部屋もエネルギー防壁によって隔てられ、すきま風ですら入りこめない状態になった。

あたりに満ちた静寂を裂き、警報サイレンが鳴りだした。床に倒れ、ふたたびゆっくりと立ちあがろうとしていた者たちのうめきを、耳をつんざくような音がかき消した。

「どういうことだ？」フォラムが憤慨して叫んだようだが、デグルウムにはそう動くかれの口が見えただけだった。追加のバリアが張られ、もはやたがいの声を聞くことはできなくなっていた。

アノリーは自制を失わないよう闘った。怪我はなかったが、ようやく持てたカンタロとの会話の機会が、この突発的な出来ごとのせいでふいになってしまった。

いったいなにが起きたのだろう？ デグルウムはあたりを見まわした。

ドロイドの居住セクターのどこかで、なにかが爆発したにちがいなかった。この領域全体が外からは隔絶されているため、爆風は屋外に吹きでるための近道を見つけることができず、あたりに些細《ささい》とはいいがたい被害を及ぼしていた。デグルウム自身も、いまはほかの領域から隔離されていた。どんな物質も通さない封鎖フィールドが、かれのすぐうしろに形成されていたからだ。

「爆発は、カンタロの居住セクターの奥で起きたようです」左の耳たぶにつけている、極小のアドバイザーがいった。「カンタロが引きおこしたものなのか、ほかの原因によるものなのか、現在の状況からは判断できません。爆風は、外への出口を見つけたものと思われます。そうでなければ、ここの被害はもっと甚大なものになっていたはずです」

デグルウムはなにも答えなかった。答えられるような状況ではなかった。

カンタロと心を通わせるための重要な試みが、また無に帰してしまった。無言でこぶしを握りしめ、デグルウムは怒りと失望をおさえつけた。おそらくまた、一からはじめることになるのだろう。そしてそうなれば、成功する見通しは、いまよりもっと立たなくなるかもしれない。

アドバイザーはふたたび、たったひとこと、言葉を発した。

アノリー語で〝死のインパルス〟を意味する言葉を。

マイクロコンピュータのいわんとすることは理解できた。しかし、予想外の出来ごとでいまだに混乱していたデグルウムは、そこから正しい結論を導きだすことはできなかった。おまけに、自由に動けないいまの状況から解放されるまで、しばらくはここで待たねばならなかった。

＊

アンブッシュ・サトーは非常に安定した人間で、どんな課題にも、経験豊かな科学者特有の忍耐を持ってとりくんだ。性急にことを運んだり、あわてて対処したりすれば、かならず失敗を招くとわかっているからだ。そんなかれも、多少不機嫌になるときはあった。多すぎるほどの課題を抱えているときや、自分の肩に重大な責任がのしかかっているときだ。

目の前にある課題の克服に必要なものは、なにもかもそろっていた。ヘレイオスの基地には技術的な設備が整っているし、シントロニクスも人手もあって、欠けているものはなにひとつない。それでもかれは、重大な任務にふるいたつというよりは、むしろいらだちをおぼえていた。どの分野においても、成功の手ごたえをつかめるのは、まだまだ先になりそうだからだ。

《バジス》の装備を新しくする壮大なプロジェクトも進行中だが、そちらには関与する必要はなかった。人類の巨大な船は、大がかりな再装備のために、七週間前からヘレイオスの周回軌道に浮かんでいる。《バジス》の設備は、今日《こんにち》の水準に照らしあわせると、明らかに時代遅れだった。孤独に過ごした長い年月のあいだに、テクノロジーが進化したためだ。それを案じた者たちが対策を講じることにし、ハミラー・チューブも、装備が新しくなることを歓迎していた。

巨大な宇宙船の再装備には、数ヵ月かかると見られていた。それが終わるまで、《バジス》は当然のことながら稼働はできない。その点が、このプロジェクトにおける最大の問題だった。作業のあいだは、どうしても無防備にならざるをえないからだ。

そこでペリー・ローダンとかれの友たちは、防御のために、できるだけ多くの船をへレイオスとその周辺に集合させていた。惑星シスタやバイドラ、ヴェンダルやサンプソンや小惑星キャンベルといったさまざまな世界や、自由商人の拠点フェニックスへの出動を終えたほぼすべての船が、ヴィッダーの新たな中枢基地に集められていた。《オーディン》と《シマロン》も例外ではなく、いまはここに滞在していた。

それ以外にも、自由商人の最後の船である十四隻の宇宙船が、フェニックスから撤退する過程でここに到着していた。さらに通常はヴィッダーの核をなしている船も、複数この基地にやってきていた。

これだけの船が集結した結果、基地の地下格納庫だけでは場所が不足し、宇宙船の一部は、地下基地のある中央山塊の山峡や峡谷に着陸していた。周囲の自然のおかげでそれらはほとんど目立たなかったが、いまはそうした自然の偽装にもあまり意味はなかった。周回軌道には《バジス》が浮かんでいるし、ヘレイオスとその巨大な船のあいだには、装備に必要なものを運ぶための搬送船が絶えず行き来している。その光景は、いやでも見る者の注意を引くにちがいなかった。

しかし、いまのところはまだ、不安要素はなかった。カンタロに、ヘレイオスにたどり着く手がかりをつかんだようすは見られなかった。それでも、カンタロがこの基地を発見した場合に備えて、ヘレイオスの四つの衛星には、《バジス》と基地を守るための戦闘力の高いユニットが配備されていた。

《バジス》の完成がいつになるのか、具体的な時期はまだわからない。アンブッシュ・サトーの焦燥感は募るばかりだった。自分を待ちうけている課題のために、装備の改修が終わればすぐにでも、巨大船に乗ってまた旅に出たかった。

超現実学者は、現在の状況をまったく楽観視してはいなかった。銀河系を陰で操る未知の権力という強大な敵は、明らかに戦術を変えていた。弱者をいたぶって楽しむようなこれまでの態度を一変させ、具体的な攻撃をしかけるようになっていた。前回の《バジス》への襲撃が、そのことを雄弁に物語っている。そのやり方は明らかに、ペリー・ローダンを殺害することを目的としていた。

サトーは仕事の重点をおおむね三つに絞り、そのどれをも、同等の粘りづよさと熱心さで追求していた。しかし、そのうちのどれが近い未来にもっとも重要な意味を持つようになるのかは、いまのところまだ見えていなかった。

そのひとつめは、モトの真珠だった。ここ数カ月のあいだに、基本的には複雑なデータ記憶媒体にすぎないその謎めいた物体の秘密を、いくつか解きあかすことには成功していた。

ここヘレイオスでアンブッシュ・サトーは、ヴィッダーの協力のもとに、まったく新しいタイプの研究室を設計し、つくりあげていた。そのさい、特に重要な役割を果たした人物として、アーバン・シペボの名はあげておかねばならないだろう。

そこでは四週間前から、〝真珠《Perle》〟と〝モト《Moto》〟の頭文字をとって、〝P＝Mo〟と略されている試みが進行中で、用意されている多数のスペシャル・シントロニクスのうちのひとつがそれを監視し、コントロールしていた。

サトーやシペボやそのほかのスペシャリストたちも、テスト装置を絶えずチェックしていた。

しかし、もどかしいことに、これまでのところ、結果はなにも出ていなかった。ポジティヴなものもネガティヴなものも、結果と呼べるようなものはなにひとつ出ていなかった。それにはおそらくもっと時間がかかるのだろうし、忍耐も必要なのだろう。なにしろ記憶装置は二の三十二乗もあって、それらを文字どおりひとつひとつ調べていかなくてはならないのだ。しかもデータの入力や出力基準は数千あり、データをコード化したり秘匿《ひとく》化したりする方法はさらにそれを上まわる数があり、データベースや、暗号化のメカニズムや、コンピュータ言語も数えきれないほどの種類がある。結果が出るまでには時間を要するにちがいなく、待つ期間は数カ月にわたる可能性もあった。

このことに関するシペボの楽観主義は、残念ながら超現実学者に影響をあたえることはできず、サトーはあせりをおさえきれないこともままあった。

その原因はまちがいなく、ふたつめの大きな課題にあった。いわゆるコントロール通信網の調査だ。

ヘレイオスからその調査をすることに、問題がないわけではなかった。本来なら、ここから数万光年離れたさまざまな地点での持続的な測定をする必要があるからだ。しかし、いまのところは、持ちこまれたデータを評価したり、奪いとった送信機や、ヘレイオス最大の衛星であるアルカイオスに設置されているヴィッダーのハイパー通信監視装置の測定値を調べたりする以外にできることはなかった。

せめていくばくかの測定値はつねに得られるように、アンブッシュ・サトーは、アルカイオスからいちばん遠い衛星であるステネロスに、カンタロをコントロールしていると思われるそのシステムの調査に特化したふたつめの監視ステーションをつくらせ、高性能の測定システムを装備していた。

コントロール通信網の存在にサトーが気づいてからすでに二カ月以上がたつが、判明していることはまだわずかしかなかった。ここへレイオスから十八光年しか離れていない星間空間で発見されたハイパー通信送信機は、単純なつくりではあったが、銀河系全体、あるいは少なくともその大半をカバーする巨大な通信ネットワークの一部であるらしかった。

その送信機は持ちかえられ、精査されたが、詳細を解明するにはいたらなかった。不定期にしか放射されないシグナルから、正確なことを読みとるのは不可能だったからだ。そのため、この種の送信機を多数設置することで、特定の相手に向けてパルスをはなつためのネットワークが構築されているのではないかという推測も、銀河系の支配者たちはそれを通して手先であるカンタロをコントロールし、必要に応じてかれらを排除しているのではないかという推測も、まだ裏づけはとれていなかった。

カンタロの高官だったガルブレイス・デイトンや、繁殖惑星サンプソンの将軍候補生たちがどのようにして殺されたのかという問題は、いまだ未解決のままだった。

これらの出来ごとが起きて以降、カンタロをコントロールするネットワークがあるという超現実学者の推測にもとづき、〝死のインパルス〟という表現が使われるようになった。そうしたネットワークは確かにあるように思われた。だがその構造はまだわからなかったし、そもそもそれが実在しているのかどうかさえ、完全に証明されてはいなかった。

一方で、その残忍な手段の有効性にはもはや疑いの余地はなかった。離反したり、苦境におちいったりしたドロイドは、〝死のインパルス〟で確実に排除されることになる。この権力の道具について知る者はごく一部のようだが、いくらかでもその存在を知る者にとっては、それはきわめて強力な威圧の効果を持つにちがいなかった。

コントロール通信網の調査は、三つめの課題とも強い結びつきがある。三つめの調査対象は、カンタロ自身だった。かれらについてわかっていることはほとんどなかった。どのように暮らしているのかも、からだの機能がどうなっているのかも、それ以外のことについても。ショウダーという協力的なカンタロはいて、情報提供や調査の依頼には、種類を問わずわずかならず応じてくれていたが、このかつての将軍候補生がカンタロの基本形から逸脱していることは、超現実学者にもわかっていた。つまりかれにあてはまることが、ほかのカンタロにもあてはまるとはかぎらないということだ。

ショウダーは、かれの創造者の計画どおりにできあがった、カンタロの〝成功例〟ではなかった。しかし、姿の見えないあるじによってほかの将軍候補生たちが殺害されたとき、かれの命が助かったのはそのおかげだった。

ショウダーのからだを調べた結果、アンブッシュ・サトーの当初の推測が正しかったことが、いまでは明らかになっていた。ドロイドの体内のどこかにあるはずの半有機的モジュールであるレセプタ、あるいはオルトネーターが、ショウダーの場合、充分には発達していなかったにちがいない。このオルトネーターが死のインパルスの受信機の役割を果たしているならば、それが未発達だったショウダーが、怪我をしただけで命を落とさなかったことにも説明がつく。

ここ四週間のあいだに、調査やテストに使う設備を見なおし、それらの配置を変えていたアンブッシュ・サトーは、一一四六年四月二日のその日、まずはそれらの確認にまわろうと考えた。ガヴヴァルとシルバアトと、アーバン・シペボやそのほかの技術者たちもいっしょだった。

夜にはペリー・ローダンの求めに応じて、仕事の進捗状況を報告することになっていた。

特に成果を得られないまま、超現実学者はモトの真珠の調査が行なわれている研究室をあとにした。その後は同行者たちと、捕虜が暮らす居住セクターのほうへ向かって通廊を歩いた。デグルウムがそこで、再度カンタロとの対話を試みていることはわかっていた。

「せめてデグルウムのほうは」超現実学者はアーバン・シペボに向けて話しはじめた。「いくらか進展があるといいんですが。そろそろなにか……」

その瞬間、爆発が起きた……

激しい雷鳴のような音がとどろき、直後に猛烈な勢いで空気が流れた。サトーは即座に思った。爆発以外にも、きっとなにか好ましくない出来ごとが起きたにちがいない、と。

3 混乱

　ロディガーは困惑していた。何分か前から、よくわからないなにかが自分のなかでうごめいていた。正確にいえば、それを表現する言葉を、かれは持っていなかった。ある種の胸騒ぎにも似たそのもやもやは、これまでにもときどきかれを襲った。そしてそれがおさまると、決まって無気力になった。だがそれ以外のときはたいてい、ロディガーはなにかをしたいという欲求にさいなまれていた。

　なにか意義のあることができる機会は皆無《かいむ》だった。ここにいる仲間たちと同様に、かれは捕虜なのだ。しかも敵はかれのからだから、すばやい動きをするためのモジュールをとりのぞいていた。いまの自分は、以前の半分の価値もなかった。

　はじめは、アノリーの言葉で気を紛らわせようと考えた。だがそう思ったのはまちがいだった。くどくどと長たらしい話に退屈しただけで、次からはもう対話に行くことはなくなった。

　しかし、対話に行かなくなったからといって、気分がよくなるわけではなかった。得《え》体《たい》のしれない感情は、むしろ前より強くなった。困惑は深まる一方で、かれはほとんど無意識のうちに、仲間たちから距離を置き、閉じこもるようになった。

デグルウムがふたたび対話を求めたその日、ロディガーは居住セクターのいちばん奥の部屋に引きこもった。ひとつしかないドアに鍵をかけ、暗い部屋の隅にうずくまった。

自分の奥深くに耳を傾け、そこにあるつかみどころのないものがなんなのかを突きとめようとした。どこかに暗い記憶があって、そこにはなにか大事な情報が埋もれているような気がしたが、どれだけ力をつくしても、そこにたどり着くことはできなかった。いろいろな面から自分自身を探ろうとしたが、そのたびに、正体不明の暗い領域にぶつかった。

ロディガーは一時間以上、部屋の隅にうずくまり、正常でない自分の状態を理解しようと試みた。だが究明できたことは皆無に近く、逆に警告のようなものを感じた気がして、ふいに、さらに説明しがたい不安をおぼえた。

なにかが自分に起きていた。理解できないなにかが。混乱は一秒ごとに深まった。容赦なく深淵のほうに引きずられ、のみこまれるような気がした。そんな考えはばかげているとわかっていたが、それをおさえることはできなかった。

もうやめにしようと思った。こんなことをしても無意味だと、悟らざるをえなかった。ここに引き顔から両手を離して立ちあがり、のろのろと重い足どりでドアに向かった。

こもったのは失敗だった。気分は前よりひどくなっていた。

その瞬間、爆発が起きた……

死の瞬間、埋もれていた記憶が目ざめ、ロディガーはすべてのつながりを理解した。しかし、それに対して反応をしたり、だれかにそれを知らせたりするには、あまりにも遅すぎた。

かれのからだは引きさかれ、狭い室内で圧力は急激に高まった。上昇した圧力ははけ口を探し、天井にもろい個所があるのを突きとめた。爆発の最初の衝撃で、天井のセキュリティ・システムの装置がふたつ破壊されていた。

その後に起きたことを、ロディガーが目にすることはもうなかった。かれの頭上にあった物質が吹きとんだ。轟音をあげながらいっきに外へと噴出し、あたりをまたたくまに破壊した。

ふたつめの波はひとつしかないドアを押しつぶし、カンタロの居住セクターを通りぬけ、敵の地下基地の施設にまで超音速で疾走した。

筆舌につくしがたい混乱のなかで、粉々に吹きとんだ半生体・半シントロニクスのドロイドのからだの上に、瓦礫《がれき》の雨が降り注《そそ》いだ。

＊

超現実学者と同行者たちは、一分近く無言でその場に立っていた。地下基地のどこかで起きた、その出来ごとについての情報が届くのを待っていた。だが、中央監視装置からも、セキュリティ・システムからも通知はなかった。精巧に整えられたシステムの、なにかが機能していないようだった。あるいは、まったく予測もしなかった出来ごとが起きた可能性もあった。

基地のあちこちに響きわたったさまざまな警報のシグナルは、徐々におさまりつつあった。

アーバン・シペボは基地内の通信ネットワークから情報を得ようと、もよりのコンタクト・ポイントに向かおうとした。するとその瞬間、かれが左手首につけている多機能機器が、甲高《かんだか》いシグナルを発した。スペシャリストは、点滅しながら光をはなつ文字に目をやった。

「どうかしましたか？」アンブッシュ・サトーがかれにたずねた。

「よく、わかりません」シペボは動揺していた。「これは、いつも息子のノビーのそばにある、監視装置の受信機なんです。そこから二十秒ごとにインパルスが届くことになっているのですが、それがとぎれてしまったようです。ノビーかオリファンに、なにかあったのかもしれません」

「オリファン？　それはいったいなんです？　なにかはそこで起きたのですよ」サトー

はいらだったようすで、爆発音らしき轟音が聞こえた方向を指した。「いま重要なのはこの件だけです。わたしはここでなにが起きたかが知りたい。その確認は、だれがするのです?」

「わたしは無理です」アーバン・シペボはとっさに答えた。警報音は消したが、メッセージはそのまま残った。「どうか悪く思わないでください。まずは子供の無事を確かめなくては。それに、ここには自分で判断して動ける専門家はたくさんいますから」

シペボは走った。次の角を曲がれば通信セルがある。自宅のコンビネーションを入力すると、自動音声が簡潔にいった。

「全回線使用中です。しばらくお待ちください」

そんなメッセージは、これまで一度も聞いたことがなかった。アーバン・シペボはその場で足踏みをした。不安がさらに高まった。何度手首を見ても、表示されたメッセージはそのままだった。つまりオリファンの報知器は、いまだにインパルスを発していないのだ。あの小さなモジュールが突然故障した可能性はもちろんある。しかし、それが基地のどこかでアクシデントが起きたのと同時であることに、スペシャリストは胸騒ぎをおぼえた。

みずからをふるいたたせようと、かれは自分にいい聞かせた。そもそもノビーが、この地下にいるわけはないのだから、と。ようやく自宅につながった。だが妻が出るまでに、またさらに二分近くかかった。おそらく、苗床から住居に戻らなくてはならなかったのだろう。

「オリファンのコントロール・シグナルがとぎれた」かれは早口でいった。

マーラ・シペボはうろたえた。

「ノビーは少し前にオリファンと出かけたの。上の森でひどい爆発があったけど、まさかあの子……」

「上の森？　爆発は基地のなかで起きたと思ったが。それとも……ちょっとようすを見てくる」スペシャリストは慌ただしく妻の言葉をさえぎった。「また連絡する」

「わたしも行くわ！」接続が切れる前に、マーラ・シペボが大声をあげた。

スペシャリストはもよりの反重力シャフトまで通廊を全力で駆けながら、手首の多機能機器で、最上階の出口にロボットグライダーを呼んだ。

指示は即座に承認されたが、徐々に広がりつつあるこの混乱のなかでは、グライダーが本当にくるかどうかはわからなかった。

興奮した人々のそばを走りながら通りすぎると、言葉の断片が耳に入った。どうやら、捕虜のカンタロが無理に脱出を試みたのでは、と噂されているらしい。しかし、逃亡を阻止するための措置を正確に把握しているシペボには、それはありえないように思われた。だが自分の耳にまちがいがなければ、爆発音は確かに、ドロイドが居住する領域から聞こえてきていた。

反重力シャフトのなかも、やはり興奮した人々で騒然としていた。そこに、中央シントロニクスの声でようやく情報がもたらされた。しかし、スペシャリストの心情からいえば、せめてもう五分、早く知らせがほしかった。

「〝1＝ケベック〟セクターで爆発発生。現在のところ原因は不明。天井が破損し、セキュリティ・システムに被害が出た模様」

カンタロについてはひとことも触れられなかったが、アーバン・シペボは、〝1＝ケベック〟セクターがまさにカンタロの居住領域であることを知っていた。しかし、この情報だけではまだわからないことが多すぎた。シペボはさらに不安になったが、その理由はカンタロとは別のところにあった。〝1＝ケベック〟セクターの上には、ノビーがよく遊んでいるエリアがあるのだ……

かれは足を速めた。懸念に反して、ロボットグライダーは最上階のハッチのすぐそばにすでに待機していた。

「どこへ行く？」武器を手にハッチの近く立っていただれかが、どなりつけるように問いただした。

「外だ。それも大至急！」スペシャリストがグライダーを加速したため、衛兵は大きく跳んで、身の安全をはからなくてはならなかった。飛んでいくグライダーに向けて衛兵は口汚く悪態をついたが、シペボの耳にはもう届いていなかった。シペボはこのあたりを熟知していたし、どこに行くべきなのかも正確にわかっていた。

一分もたたないうちに目的の場所に到着すると、衝撃的な光景が目に飛びこんできた。基地の最上階の爆発でできたと思われる直径五メートルほどの大きな穴が、森の縁に口を開けていた。

そこから数メートルの範囲にある木々は無残に折れて、なかには大量の土とともに穴にすべり落ちている木もあった。

穴の上は、赤みがかったアーチ形のエネルギー・フィールドにおおわれていた。その色からアーバン・シペボには、それが捕虜の居住セクターに追加で設置されたセキュリティ・システムの一部であるとわかった。

つまりこの事態は、カンタロの逃亡によって引きおこされたのではないということだ。バリアができる前に逃げおおせたなら話は別だが、それを示唆するものはなにもなかった。それに、まともに動けないドロイドが、地下から地表までたどり着けたとはとても思えなかった。

一見したところ、ノビーの姿は見あたらなかった。穴のまわりを二度めにぐるりと飛んだとき、裂けた枝や土の塊りの隙間から、深淵ぎりぎりのところに少年が倒れているのがようやく見えた。

アーバン・シペボは心臓がとまりそうになった。ノビーは生きているようには見えなかったからだ。顔の上には幾重にも枝がかぶさっていたし、ぴくりとも動かないからだは、いつ穴にすべり落ちてもおかしくないように思えた。

瘦身《そうしん》の男の唇からうめきが漏れた。突然パニックに襲われ、かれの頭は真っ白になった。

赤みがかったセキュリティ・フィールドを飛びぬけることはできない。パラトロン成分が含まれているそれは、いかなる物質をも透過させないからだ。エネルギー・フィールドを操作するには、基地の中央シントロンにコンタクトをとる必要があった。

ロボットグライダーの無線装置を使って呼びだしをかけたが、通信は待機中になった。シントロニクスは目下、急を要する課題の対応に追われているため、重要度の低い依頼に応えているひまはないというわけだ。シペボは悪態をついた。

横方向に、小道を歩いている妻の姿が見えた。こちらのほうに近づいてくる。シペボはグライダーを着陸させ、マーラをぎゅっと抱きよせて、自分の見たことを話してきかせた。斜面のずっと下のほうから、ユーハミ・シペボもこちらへ駆けのぼってきた。

「あの子は生きてるの？」と、妻はたずねた。

「わからない」シペボは歯ぎしりをした。「中央シントロンにコンタクトがとれるのを待ってるところだ。あのいまいましいエネルギー・フィールドを消せるようにね。でなきゃ、あのなかには入れない。どうやら基地は爆発で混乱しているようだ」

ようやく無線機から待機解除の知らせが入った。アーバン・シペボはものの数秒のうちに、緊急事態が発生したことをシントロニクスに認識させた。爆発の状況がいまだはっきりしないため、基地では、はじめはカタストロフィ対応の責任者が、そしていままではアンブッシュ・サトーも、シントロニクスが独自の判断をすることを制限していたが、この場合は人の命がかかっているため、中央のメインコンピュータはその指示にはしたがわなかった。

エネルギー・フィールドは、この一画だけが非活性化された。

数秒後、アーバン・シペボは息子の上に降りかかっていたもろもろをとりのぞき、そのからだを抱きあげた。ノビーの隣りの地面には、ばらばらになったオリファンの一部が突きささっていた。スペシャリストはそれを見て、少年のシントロニクスの遊び相手は、爆発で破壊されてしまったのだと理解した。

「呼吸は比較的落ちついている」と、かれは安堵して妻にいった。「意識はないが、重傷を負っているようだ。おいで。医療センターに連れていこう。シントロンはまたエネルギー・フィールドを張るだろうし、これ以上ここにいる理由はない」

ノビーの姉のユーハミは、うろたえたようすで、弟のために隣りで涙を流していた。

＊

一時間以上たつころには、混乱はほぼ解消されていた。追加で装備されたエネルギー防壁に捕らわれていたアノリーのデグルウムは、その自由のきかない状況から解放されていた。捕虜のカンタロはとりみだすことなく、自分たちの部屋に姿を消した。突発的に起きたこの重大事について、意見を述べるつもりはないようだった。

コマンド部隊による調査結果もすべて出そろい、それらの一度めの精査と分析が行なわれた。アンブッシュ・サトーとガヴヴァルとシルバアトは、事故が起きた現場を個人的にも視察した。そのさいにはかつての将軍候補生だったショウダーも同行し、かれらをサポートした。

ペリー・ローダンとロワ・ダントンも、いまでは基地に到着していた。カンタロの居住領域で起きた爆発の知らせを聞いて、かれらだけでなく、ヴィッダーや自由航行者の関係者たちも集まってきていた。そして組織のそのほかの幹部や超現実学者も含めた全員が、地下基地の上層階にある会議室で一堂に会した。その場には、カンタロのショウダーと三人のアノリーも出席していた。

アーバン・シペボは、息子の命に別状はないと確証を得たところで、基地に戻っていた。ノビーは当分医療センターに入院をしなくてはならず、負傷した十四歳の少年のそばには、マーラとユーハミがついていた。だが、爆発の巻きぞえになったかれの不運に注意を向ける者は、家族以外にはだれひとりいなかった。

それは人々の関心が、会議の冒頭でアンブッシュ・サトーが伝えた内容に集中していたせいでもあるだろう。かれは手はじめに、もっとも重要な事実を要約して発表した。

「残酷ないい方になりますが、ほかには表現のしようがありません」超現実学者は、当惑を隠そうともしなかった。「今回の大規模な爆発は、捕虜のカンタロの体内でなにかが爆発したことに起因しています。かれ自身が爆発したといってもいいかもしれません。かれのからだは無数の断片に引きさかれました。気の毒な犠牲者の名は、ロディガーといいます。この爆発がなぜ起きたのか、なにによって引きおこされたのかは、まだわかっていません。考えられる要因については、のちほどまたお話しできるかもしれません」

聞き手は無言のままだった。説明のつづきを待っている。サトーは先をつづけた。

「あいにく、ロディガーがいたのはドロイドの居住セクターにある小部屋でした。ただ幸運にも、かれはひとりでした。たったひとつしかないドアにしっかりと鍵をかけていたため、狭い閉鎖空間の圧力は急激に高まって、外へ出るための逃げ場を探しました。またその一方で、爆発の最初の衝撃で、天井にとりつけられていた装置がふたつ、破壊されていました。ひとつはその領域をカバーする拘束フィールドの装置で、もうひとつは緊急システムの装置です。後者は、主シントロニクスのセンサーも兼ねていました。それらが損なわれたことによって、圧力波が上へ向かうための道が開けていました」

「どうしてそんなことになったのか、わたしには理解できない」と、ヴィッダーのひとりがいった。「そもそもなにか構造上の欠陥があったにちがいない。早急に、全設備を点検させなくては。エネルギー拘束フィールドだけに問題があったとは思えない」

「その結果、天井と、天井と地表のあいだの薄い土の層がいっきに外に噴出しました」サトーは説明をつづけた。「爆風の第二波はドアを押しつぶし、カンタロたちの居室を抜けて、同じ階の隣接する空間にまで到達しましたが、甚大な被害は及ぼしませんでした。そのほかの犠牲者も出ておりません。カンタロの滞在領域にいたデグルウムも、カンタロたちも重い怪我は負っておりません。ただし、問題は発生しました。監視シントロニクスが捕虜が逃亡を試みたと判断し、それに即した反応をしたのです。情報ルートを一部封鎖し、事実を収集しようとしました。ですが、爆発によって室内の機器が破損したためにそれはかなわず、このことによって事態の解明が著しく遅れたばかりか、通信ルートが遮断される結果となりました。警報システムはこの点を改善する必要があると思われます」

「結局のところ、行きつく問題はいつも同じだ」と、ペリー・ローダンがいった。「死んだカンタロたちが、みずから望んだわけでもないのに、どのように命を落としたかはわかっている。実質ドロイドだったガルブレイス・デイトンも、ショウダー以外の将軍候補生たちも。だが、われわれが死のインパルスと呼んでいるものの正確なメカニズムはいまだに不明のままだ。今回そのロディガーに起きたことも、やはりこれまでの経験と完璧に合致している」

「いいえ、同じではありません」アンブッシュ・サトーはきっぱりと異を唱えた。「われわれのアノリーの友、デグルウムも、はからずも同じことを口にしました。ロディガーは死のインパルスで殺されたのだろう、と。とっさにそう思ったのだそうです。かれはあの痛ましい出来ごとをだれよりも身近に経験していますし、わたしもはじめは同じことを考えました。ですがいまは、それはまちがいだと断言できます。絶対にありえないのです」

「驚いたな」と、ロワ・ダントンがいった。「合理的な根拠はあるのか？」

「もちろんです」ダントンの口調にこめられた非難には気づいていないかのように、超現実学者はいいきった。「われわれの捕虜が、死のインパルスの危険にさらされているのは承知しています。捕虜の居住セクターがエネルギー・フィールドに囲まれているのは、逃亡を防ぐためだけではないのです。死のインパルスがどんな性質のものであれ、あのエネルギー・フィールドは、エネルギー的に、その種のものはいっさい透過させないようなつくりになっているのです。〝外〟からのエネルギー的な命令で、爆発が引きおこされることはありえません。インパルスを感知する監視設備も設置してありますが、そちらでも痕跡は確認されませんでした。爆発の要因は、絶対に死のインパルスではありません」

「そう考えたほうが、論理的にも筋が通ります」アーバン・シペボが口を開いた。「いまのような状況で、われわれが推測しているようなインパルスが、ひとりのカンタロだけに向けてはなたれるなどとうてい信じられません。外から影響力を行使することが可能なら、ひとりではなく、カンタロ全員を殺害して、われわれにもっと大きなダメージを与えようとするのではないでしょうか」

「爆発は、外から引きおこされたものではありません」超現実学者が言葉をつづけた。「それを具体的に示唆するものも、その疑いも、そう考えるべき論理的な根拠もないのです。ロディガーの場合も、いわゆる死のインパルスとの共通項が見られることを、隠しだてするつもりはありません。それどころか、すべての点において、外部からのインパルスによって殺されたようにしか見えないといってもいいでしょう。しかし、それを引きおこした命令やきっかけがどんな性質のものであるにせよ、それは〝内部〟から、あるいは、かれ自身のなかから生じたのではないかと、わたしは考えています」

「もしそうだとすると、つまり」ペリー・ローダンは声に出して思案した。「この件を調べれば」

「つまり」と、アンブッシュ・サトーが言葉のつづきを引きとった。

ば、カンタロの生死にまつわる最大の秘密をつかめるかもしれないということです。協力してくれる仲間たちと力を合わせて、わたしはかならずその秘密を暴《あば》いてみせるつもりです。つかんだ事実が失われないようにするための指示も、すでに出してあります。このことについては、頃合いを見てまたご報告できるでしょう」

ペリー・ローダンには、この科学者のことがよくわかっていた。いまの時点で、かれがこの件について、これ以上具体的ななにかを口にすることはないだろう。

4　シミュレーション

多くの説が飛びかいはしたが、実質なんの実りもなかった会議は終わりに近づきつつあった。

アーバン・シペボはこの機会を利用して、ペリー・ローダンに声をかけることにした。スペシャリストはテラナーのほうに向きなおった。

「あなたがとてもいそがしい身であることは、わたしにも容易に想像がつきます。ですが、できればちょっとお願いしたいことがあるのです。カンタロの爆発の混乱に埋もれてほとんど忘れられてしまっていますが、息子のノビーが大怪我をしました。爆発が起きたとき、偶然、ロディガーがいた部屋の真上にいたのです。息子はいま、医療センターに入院しています」

「その件なら耳に入っている」と、ローダンは答えた。「いやな偶然だ。大事にいたらずにすんで本当によかった」

「ええ、本当に。実をいうと、ノビーはこのヘレイオスでの暮らしを心から楽しんでいるわけではないのです。いつもひとりぼっちですから。一度でいいからアダムスと話してみたいといっていましたが、それもかないませんでした。ただ少し前からは、なんというか、息子のなかで〝ローダン熱〟が高まっているらしいのです。それにこんどの事故では、シントロニクスの遊び相手まで失ってしまいました。それで、息子から頼みこまれたのです。自分を見舞ってくれるように、あなたを説得してくれないか、と。なんとかお願いできないでしょうか？」

ペリー・ローダンは笑みを浮かべ、うなずいた。

「もちろん行かせてもらうよ。怪我人のためなら時間はいつでもある。《オーディン》に戻る前に、医療センターに寄っていこう。約束する」

アーバン・シペボは礼を述べると、ローダンに別れを告げて、アンブッシュ・サトーのもとへ戻った。超現実学者が、協力者全員の力を必要としていることは明らかだったからだ。

ローダンはロワ・ダントンに、寄るところができたから先に《オーディン》に戻るようにというと、地上にある医療センターまで、ヴィッダーの基地のロボットに案内させた。

病室に入ってきたテラナーを見て、ノビー・シペボは目を疑った。母と姉がいなくなってちょうどひとりになったところで、ノビーは意識をとりもどしてからはじめて、さまざまなことに思いをめぐらせていた。オリファンがいなくなったことが、寂しくてたまらなかった。シントロニクスのマイクロコンポーネントでできた機械にすぎなかったとはいえ、オリファンは大好きな遊び相手で、たくさんのことを教わったし、必要なときにはいつだってそばにいてくれた。

けれどそうして悲しみに沈んでいたら、目の前にいきなりペリー・ローダンがあらわれた！

ノビーはうれしくてたまらなかった。

「やあ！」テラナーは親しみのこもった笑みを浮かべ、そういった。「きみのお父さんに事故のことを聞いて、すぐに飛んできたんだ。お見舞いの品はまたあとで届けるよ。いまのところ、どんな感じだい？」

「いいこともあれば悪いこともあるよ」ノビーはからだを起こそうとした。ベッドの自動装置が助けてくれたが、それでも、少ししかめ面になるのは避けられなかった。まだ上半身に痛みがあった。「オリファンが壊れちゃった。それにからだのあちこちが痛いんだ。だけど時間がたてばまたよくなるだろうし、姉さんはこれまでになくやさしくしてくれるんだ。ぼくのために涙まで流したんだよ！　びっくりしちゃった」

「姉弟っていうのは、そういうものだよ」と、ローダンはいった。「どちらかが窮地に立たされてはじめて、どれだけ自分が相手を思っているかに気づくんだ。ほかにも、きみのことをもっと教えてくれるかな。事故はどんなふうに起きたんだい？　オリファンというのはだれ？」

「ぼくのことでよければなんでも話すよ」ノビーはたちまち元気をとりもどした。「だけどそうしたら、ぼくが出すなぞなぞにもひとつ答えてくれなきゃだめだよ」

うれしそうに話しはじめた少年に、ローダンはうなずいてみせた。ふたりはすぐにたがいに好感を持った。ヘレイオスでの孤独や、ここにはほとんど子供がいないことについて。ノビーにいわせればとんでもなく背の高い姉のユーハミのことや、事故について。そしてオリファンについては、特にたくさんのことを話した。テラナーは熱心に耳を傾け、ときどき質問を差しはさんだ。かれらはすぐに親密になり、気づかないうちにどんどん時間がすぎていた。

「これでよくわかったよ」話のあとでローダンはいった。「どんなお見舞いを贈ればきみが元気になるのか。きみのお父さんはいまとてもいそがしい。アンブッシュ・サトーが指揮している調査や実験に欠かせない大事な人だからね。きっと新しいオリファンをつくっている時間はないだろう。《オーディン》のわたしの仲間に、新しい遊び相手をつくってもらえるように頼んでみるよ。それでどうかな？」

「すごいや」少年はよろこびに顔を輝かせた。「それをつくるには、シミュレーション技術を使うんでしょう？　シントロニクスの技術で、生きものの動きとか、実際の反応とかをコピイして。ぼくの父さんは、そういう技術にものすごく詳しいんだ。新しい遊び相手は、オリファンⅡっていう名前にするよ。でもその子には、あなたについての大事なデータもぜんぶ読みこませておいてね。ぼくはいつかあなたみたいになりたいんだ。だから、まだまだたくさんのことを学ばなきゃ」

「そう思ってもらえるのはありがたいが」ペリー・ローダンは胸にかすかな痛みをおぼえた。ゲシールのことが頭をよぎった。イルミナ・コチストワやジェニファー・ティロンや、テラのことも。そして数多くの問題や懸念も。「わたしの人生も楽しいことばかりじゃない。ときには、きみみたいに生きられたらどんなにいいかと思うこともあるよ。さあ、もう行かなくては。またすぐに、オリファンⅡを連れてもう一度お見舞いにくるよ。約束する。そのころにはもう、もしかするときみは家に戻っているかもしれないけどね。それでもいいかな、小さな友よ？」

「もちろんだよ、ペリー」ノビーはすっかり満足していた。「じゃあ、なぞなぞを出すよ。オリファンはだめだったけど、あなたなら解けるかもしれない。さっきいってた、次のお見舞いのときまでに考えてみて。問題は、〝ぼくたちふたりに共通することはなんでしょう？〟それとも、こんなふうに訊いたほうがいいかな。〝ぼくがいつか、あなたの後継者になることは確実です。それはどうしてでしょう？〟」

「わたしの後継者？」テラナーは少なからず驚いたが、それをおもてには出さないようにした。「考えてみるよ。その問題を解くのに、《オーディン》のシントロニクス結合体の力を借りても大丈夫かな？」

「もちろんだよ」ノビーは怪我をしていないほうの手で、かまわないという意味のしぐさをした。「だれに助けてもらっても大丈夫だよ」

「じゃあまたくるよ、ノビー！」ペリー・ローダンは手を振って別れを告げた。ノビー・シペボは満ちたりた気持ちで、柔らかなベッドにふたたびからだを横たえた。

＊

ヴィッダーの基地の最上階を占める二フロアは、途端に慌ただしくなった。アンブッシュ・サトーが、自身に協力してくれている地下施設の常駐メンバーやロボットを、猛烈にせき立てたせいだ。突然、なにひとつ満足のいくスピードでは進まなくなったといわんばかりの勢いで、全員を仕事に駆りたてた。

それなのに、まだだれひとりとして、超現実学者の意図を正確に把握できてはいなかった。グループをつくり、それぞれに任務が振りわけられたが、それらのつながりはいっさい説明されなかったからだ。そのため現時点では、いくつかのことが不可解なまま残されていた。

一方で、どの任務もコントロール通信網の調査に照準を合わせたものであることだけははっきりしていた。人員の割りふりが変化して、モトの真珠の調査は縮小された。すでにはじまっているテストは最小限の人数でつづけられることとなり、チームの責任者も、当面は置かれない見通しになった。サトーもシペボもそのほかのスペシャリストも、手のあいている者はだれひとりいなかったからだ。

これからはじまる新しい試みを、サトーは〝SM＝ロディガー〟と名づけた。だが、死んだカンタロの名前の前にある文字がなにを意味しているかは超現実学者の秘密のまで、それを知らされていない者たちのあいだでさまざまな憶測を呼んだ。

きっと捕虜のドロイドの生死にかかわることにちがいないという噂はすぐに広まった。その秘密を暴くつもりだと、サトー自身が会議で発言していたからだ。

サトーが指示した措置の数は優に十を超えたが、SM＝ロディガー・プロジェクトはおもに四つのカテゴリーに大別でき、そのすべてがいまは準備段階にあった。

SM＝ロディガー＝1では、〝1＝ケベック〟セクター内の爆発が起きた領域を完全に封鎖するよう、基地の主シントロニクスに指示が出された。それ以前にもすでに封鎖はされていたのだが、その構造を変化させ、より厳重な措置がとられることとなった。

いまでは文字どおり、原子ひとつ出入りすることもできなくなった。なかに入るには構造開口部を通らなくてはならなくなり、そこにつづくたったひとつの出入口は捕虜のカンタロの居住領域外につくられたため、ドロイドはこのエリアから完全に切りはなされただけでなく、もはやなかをのぞき見ることもできなくなった。

封鎖個所への立ちいりは当面のあいだ禁止され、それからの数日間は、ロボット以外はなかへ入ることを許されなかった。

アンブッシュ・サトーは、SM＝ロディガー＝1の全体の監視と個々の措置の調整を、基地の主シントロニクスにゆだねた。爆発が起きたさいの働きには問題があったが、そのときのエラーの要因はすべてとりのぞかれたと、専門家たちはかれに保証していた。

SM＝ロディガー＝2の責任者は、アーバン・シペボが務めた。実際の作業の場となる特殊な実験室を準備するのがかれの仕事で、当然のことながら、スペシャリストはサトーから、細かな点にいたるまでしっかりと説明を受けていた。詳細を知らずに職務を果たすのは不可能だったからだ。

実験室には、ヴィッダーの予備機材の在庫から、未使用の高性能シントロニクスを運びこみ、稼働させる手はずになっていた。実験全体の一部として機能するよう、それを新しい実験室に適応させるのもシペボの仕事で、そのためには、室内の床と天井とすべての壁の全面に、センサー・バーと操作パネルをとりつける必要があった。

それが完了すれば、シントロニクスは、エネルギーを与えたり、無重力空間をつくり出したり、そのほかにもさまざまな技術を利用して、室内にあるどんな小さな部品も自在に動かすことができるようになる。アンブッシュ・サトーはそのシントロニクスを、すでにVA＝超シントロニクスと名づけていた。

部屋は隔壁によって、まんなかでふたつに仕切られた。どちらも外壁は透明でなかが見えるが、いったん実験がはじまると、外から眺める以外のことはできなくなる。

好奇心もあらわに〝VA〟の意味をたずねられると、〝変数を適用できる《Variablenadaptierbar》〟の略だとアーバン・シペボは説明をした。だが細かな点は各自が自由に思いえがけるように、それ以上は明かさなかった。〝超シントロニクス〟のほうは、それが超現実学者のアイデアやイメージを具現化したものであることを示唆していたし、実際にそのとおりだった。

アーバン・シペボは、この特別な実験室のすぐうしろに、基地の交換部品倉庫につながる供給ルートを設置した。この供給ルートは基地内の部品の組みたて場とも結ばれていたため、実験には、大量の技術的部品が必要とされるのだろうと推測できた。

超現実学者によれば、準備段階で用意されたこれらは、SM＝ロディガー実験の核を成すものらしかった。具体的にいえば、ふたつに分けられた実験室と、部品の供給ルートと、VA＝超シントロニクスがそれにあたる。つまりこれらは、このプロジェクトのなかでも特に大事な位置を占める部分ということになる。

準備の第三段階であるSM＝ロディガー＝3は、SAMEと呼ばれる特殊ロボットがひきいる、可動式のロボット部隊が担当する。〝半自主的に可動できるユニット《Semi-Autarke-Mobil-Einheit》〟の頭文字をとってSAMEと名づけられたこのロボットは、既存の巨大シントロニクスとつながりながらも、自主的に任務をこなすこともできた。

その下には、追跡・捜索機能を装備した、五十体の救助ロボットが配備された。この部隊の任務は、封鎖された〝1＝ケベック〟セクターにある微細なかけらのひとつひとつを徹底的に調べ、そのなかから死んだロディガーの生体的、あるいはシントロニクスの構成要素を見つけだすことだった。そしてドロイドのからだの一部と判断されたかけらはすべて、ふたつに仕切られた特別実験室の片方に運びこまれることになっていた。

この時点で、何人かのスペシャリストは超現実学者の意図を察したが、それをはっきりと口にするものはまだだれもいなかった。

だが〝SM〟がなにをあらわしているのかは、最初の二日間で徐々に周囲の知るところとなった。〝SM〟とは、〝シミュレーション・モデル〟の略だった。つまりサトーは、死んだドロイドをシミュレーション上で生きかえらせて、かれの死の謎を解こうとしているのだ。

SM＝ロディガー＝4は、アンブッシュ・サトー自身が指揮をとった。全体の調整役を務めるかれがみずから指揮を引きうけたのは、この部分の準備が非常に重要な意味を持っていたからだった。

準備段階のこの部分では、かつての将軍候補生であるショウダーが大きな役割を果たしていた。というよりも、そもそもSM＝ロディガー実験自体が、ショウダーの存在や協力に着想を得てつくりあげたものだった。

このカンタロは、ヘレイオスにきて以来ずっと、超現実学者の周辺を自由に動きまわっていた。ここ数週間でいう〝超現実学者の周辺〟とは、地下基地の最上階を指しており、三人のアノリーもたいていはここにいた。対照的に、ペリー・ローダンやロワ・ダントンをはじめとするそのほかの仲間たちは、惑星に滞在場所が用意されているにもかかわらず、ほとんどの時間を宇宙船のなかで過ごしていた。

ショウダーは、かれにとっては銀河系の統治者と同一であるロードの支配者との関係を、完全に断ちきっていた。かれが同胞であることを疑う者はもはやひとりもおらず、デグルウムとガヴヴァルとシルバアトもかれに信頼を寄せていた。

このカンタロは、これまでに幾度も超現実学者の実験や調査に自身のからだを提供してきた。有機体とシントロニクスから成るドロイドのからだの構造を、以前よりも明確に理解できるようになったのは、かれの協力のおかげだった。しかしサトーは、同時に壁にぶつかってもいた。なぜならショウダーには、自分のからだの機能についての知識がほとんどなかったからだ。

ヘレイオスに到着してからそれほど長い時間が経過しているわけではなかったが、超現実学者はすでに、ショウダーにはなたれた死のインパルスのメカニズムについて調べはじめていた。だがロディガーが命を落としたあの悲惨な出来ごとが起きた時点では、ほぼなんの成果も得られておらず、それは、同時進行していた複数の調査に、努力が分散していたことにも原因があるのではないかとサトーは考えていた。

けれどいま、かれはSM＝ロディガー実験だけに全神経を集中させていた。そして調査の対象も、もはや死のインパルスだけではなくなっていた。これまでに起きたことから判断すれば、死のインパルスによる死のきっかけは外部にある。だがドロイドの死を引きおこす要因は、それ以外にもあるにちがいないとサトーは確信していた。

ショウダーはアノリーたちとともに、そのほかの十六人の捕虜とロディガーとのちがいを突きとめようとしていた。超現実学者の暫定的な仮説によれば、かれらのあいだには、少なくともひとつは異なる点があるはずだった。ロディガーとは対照的に、ほかのドロイドたちは無事で、命に別状はなかったからだ。

だがそのちがいを見つけるのは、容易ではなかった。おまけにショウダーのからだの構造をもとに、〝ふつう〟のカンタロの特殊性を見つけようにも困難が伴う。なぜならかつての将軍候補生は、〝欠陥品〟だと思われるからだ。かれは本来あるべき姿のカンタロではなかった。少なくとも、かれを育成した者の視点に立てば、そう見えるにちがいなかった。もし死んだロディガーにも、やはり規格から逸脱している点があるのだとしたら、実験はきわめて複雑なものになる。

それでもアンブッシュ・サトーは、この機会をチャンスだと受けとめていた。ロディガーが持つ特徴や、そのほかの捕虜とのあいだにあるはずのちがいにこそ、カンタロの生死の謎を解く鍵が隠されているにちがいなかったからだ。

しかし、この件に関しては、もうひとつ別の問題もあった。三人のアノリーは精力的に捕虜と接触を重ね、かれらの信頼を得ようとしていたが、その努力が実を結んでいるとはとてもいえない状況だった。しかもショウダーのほうは裏切り者と見なされて、捕虜たちからはまるで空気のような扱いを受けている。

そのためデグルウムは、対話のたびに粘りづよく地道に情報を獲得し、それらをショウダーの発言と照らしあわせて、逐一シントロニクスに評価させなくてはならなかった。かんたんそうに聞こえるが、その作業には多大な労力が必要で、恐ろしく時間がかかる割には、不確実な点も多かった。

そうした情報を、アンブッシュ・サトーはSM＝ロディガー実験を通して徐々に絞りこみ、事実を明確にしたいと考えていた。かれは爆発が起きた三日後に、自分がどういった仮説のもとに実験を行なおうとしているのかを、中心的なメンバーに具体的に説明しておくことにした。SAMEひきいるロボットチームはその時点ですでに作業を終えており、爆発現場で見つけたかけらはすべて実験室へと移されていた。VA＝超シントロニクスはそれらの物質を次々にテストし、分類し、統合を進めていた。

「"シミュレーション・モデル＝ロディガー"実験の目的は」と、超現実学者は説明の口火を切った。「カンタロの生と死のメカニズムを究明することです。そう、〝生〟と死です。これまでわれわれは、死のインパルスにしか着目してきませんでした。ですが、わたしは超現実的な視点から、ある仮説を立てたのです。もちろん、それが完全にまちがいである可能性もないとはいいきれませんが、この実験では、わたしの仮説が少しでも真実をいいあてているかどうかも明らかになるはずです」

サトーは聞き手を見た。全員がじっとかれを見つめるだけで、なんの反応も示さなかった。少し間を置いてから、サトーは先をつづけた。

「カンタロが命を落とす要因は、特定のシグナルが、つまり、死のインパルスがからだに到達すること以外にもあるのではないかとわたしは推測しています。そしてその推測をさらに一歩先へ進めて、あるシグナルを定められた間隔で受信しなかった場合にも、死にいたるのではないかと考えています。ただし、〝生のインパルス〟とでもいうべきそのシグナルを必要とする正確な間隔については、これから突きとめることになりますが」

こんどは短い驚きの声がいくつもあがり、話が妨げられた。

「要は、警報設備と同じ原理というわけです」サトーが声を張りあげると、あたりはすぐに静かになった。「まともな警報設備なら、警報が出されるのは異状事態が発生したときだけではありません。異状がないことを知らせるセンサーからの定期シグナルが届かない場合にも、設備をコントロールするシステムの中枢に警告が出されます」

アーバン・シペボには、サトーの指摘の正しさが実感できた。かれ自身がまさにそのようにして、ノビーの身に降りかかった事故に気づいたからだ。オリファンは爆発で壊れ、〝異状なし〟のシグナルはとだえてしまった。スペシャリストは、腕の多機能機器をちらりと見た。オリファンの通知機能は、いまはもう作動していない。

「同様の例は、太古の時代からありました」アンブッシュ・サトーは言葉をつづけた。「たとえば、輸送システムの責任者や、危険性の高い施設の監視員など。そうした重要な職や役目に就いている者は、組織の中枢に定期的にシグナルを送り、すべてが順調であることを知らせなくてはなりませんでした。そして予定の時間にそうした通知が届かなかった場合には、警報が作動するか、あるいは、列車にブレーキがかかったり、セキュリティフェンスが閉じたりといった対策が講じられました。わたしは、カンタロの命も同じようにしてコントロールされているのではないかと考えています。一定の間隔で生のインパルスを受信しなければ、かれらは死んでしまうのです」

「仮説としてはよくできています」だれかが大声で口をはさんだ。「ですが、確実な根拠はなにもないではありませんか」

「根拠ならあります！」サトーは即座に切りかえした。「最初に捕らえたカンタロから知りえた情報をきちんと読めば、わたしの説に同意してもらえるはずです。わたしがいっているのは、ダアルショルと、かれを捕らえたあとにフェニックスで経験した出来ごとのことです。読むのが面倒だという人のためにいっておくと、ダアルショルは、近いうちに銀河系に戻らなくてはならないと口にしたのです。さもなくば死んでしまうと」

「でも、いまわれわれがいるのは銀河系です」声高《こわだか》に疑念を表明したばかりのヴィッダーがいった。「なのにロディガーは死んでしまった！　それでは筋がとおりません」

「確かに、われわれはまだスタート地点に立ったばかりです」アンブッシュ・サトーは指摘を認め、先をつづけた。「それにわたしは、自分の説についてここで徹底的に議論をするつもりもありません。しかし、少なくとも、カンタロの居住セクターのエネルギー・フィールドが、死のインパルスのようなたぐいのシグナルを通さないことは、あなたがたにもわかっているはずです。つまりロディガーは、生のインパルスを受信できなかった可能性があるということです。だから、どうか結論を急がないでください！　わたしはまず、SM＝ロディガー実験の意義を明確にしておきたかったのです。あれこれと推測をめぐらせる機会は、これからいくらでも出てきます。未解決の疑問は、まだたっぷりと残されているのですから」

壁に、ふたつに分けられた実験室の縮小された画像がうつしだされた。床にも天井にも、壁のいたるところにも、VA＝超シントロニクスのスイッチや操作エレメントが無数にとりつけられていた。

「わたしはシミュレーションを通して、カンタロの秘密を明らかにしようと考えています。三つの異なるタイプのシミュレーションを、並行して進めます。この左側の部屋では、ロディガーの有機的およびシントロニクス的な残骸のうち、まだ形の残っているものをつなぎ合わせます。右側の部屋では、人工的な部品だけを使って、ふたつめのモデルをつくります。三つめのモデルは、VA＝超シントロニクスのなかにしか存在しません。具体的にいえば、シントロニクスの記憶ユニットのなかでつくられます。VA＝超シントロニクスは、実験室にある両方のシミュレーション・モデルの操作も担い、それらの組みたてやテストも同時に行ないます。そしてこれら三つのモデルに、理論的かつ実際的にさまざまな放射をし、さらに多数の実験を通して、ドロイドのからだの反応や、ロディガーが実際にどのように反応したのかを突きとめます。これまでに得たカンタロに関する知識はもちろん、すでにVA＝超シントロニクスに記憶させてありますし、アノリーやショウダーから新しい情報が入った場合にも、その都度追加される予定です。SM＝ロディガー実験は壮大なプロジェクトです。友よ、どうか力のかぎり、この実験に協力願います」

サトーは、決意のにじむ、仲間たちの緊張した面持ちを見た。かれらの顔つきからは、実験に対する疑念はほとんど感じられなかった。

「それからひとことつけ加えておくと」サトーはふたたび口を開いた。「VA＝超シントロニクスは、もちろんふつうのシントロニクスです。超シントロニクスなどというものは存在しません。それでもそんなふうに命名したのは、このシントロニクスが、テラの古いコンピュータの原理を、別の形で復活させたものだからです。VAは、かつて《ツナミ》艦に搭載されていたコントラ・コンピュータのような、自身に反対し、現実から乖離《かいり》したところで超現実的に思考し、反応する、完全に独立したユニットを有しています。この超現実ユニットは、シントロニクス全体に着想のきっかけを与え、疑問点を提示し、目に見える現実を意図的に排除して、結果を批判的に見ることを唯一の目的として装備されています。われわれは、スケールが大きく、かつ重要な秘密を究明しようとしています。それは、われわれにとって非常に重大な意味を持つことかもしれないし、カンタロにとってはまちがいなくそうでしょう。文字どおり、かれらの生死にかかわる問題なのですから。わたしはこの実験に、果敢に挑む覚悟でいます。シミュレーション・モデルを通して生と死を創造し、ロディガーの復元においては、かれの最期をできるだけ現実に近い形で再現しようと思っています」

アンブッシュ・サトーは実験室の画像を消した。

「そして最後にもうひとつ」と、かれはいった。「この実験では、《シマロン》の首席船医であるセッジ・ミドメイズに、わたしの補佐役を依頼しました。かれは人間だけでなく、カンタロの生物学的な問題に関しても豊かな経験を持つ人物です。SM＝ロディガーにかかわるすべての分野で、かれにはわたしの補佐を務めてもらうことになります。

では早速、仕事にかかってください！」

5 推論

アンブッシュ・サトーの熱意の炎は実験スタッフにも伝播し、全員が最大限の努力をつくしたにもかかわらず、その後の数日は、これといった進展は見られなかった。すべきことは無数にあったし、明白な結果を得るには、まずはひとつの歯車がほかの歯車とかみ合うまで、それらをたがいに調和させる必要もあったからだ。それでも、すぐに結果が出ると予想していた者は皆無だったため、実験に対する期待感は失われていなかった。

セッジ・ミドメイズも精力的に仕事を進め、カンタロの協力者であるショウダーを隅々まで調べつくした。マイクロゾンデやプラスティック放射線学、赤外線画像装置を使ったり、高解像度の分光法をもちいたりして、からだの構造を、巨大分子レベルにいたるまで徹底的に解析した。すべての過程において最先端の技術と手法を駆使し、これ以上ないほど精密な調査が行なわれた。

得られた情報はすべて、実験室に運びこまれたロディガーの断片と照合され、可能なかぎり部位の特定がなされた。シントロニクスのシミュレーション・モデルでは、その情報に即してからだの部位や臓器が作成され、右側の実験室では、やはりその情報をもとに運ばれてきた部品が、作成中のモデルに組みいれられた。

供給ルートを通して、部品は次々と倉庫から届けられ、右の部屋のシミュレーション・モデルは徐々に完成に近づいた。そのなかには、組みたて場で製作された独自の部品も含まれていた。

VA＝超シントロニクスは、そうした複雑な製作過程の指揮を一手に担い、センサーや重力アブソーバーやワイヤレスエネルギー導体を操作した。組みたては、自身の記憶領域に保存されたデータからつくった独自のシミュレーション・モデルをもとに進められたが、流れこむデータの洪水はすぐに勢いを増したため、いまのままではVAの容量が不充分であることがすぐに明らかになった。

アーバン・シペボは、主シントロニクスの未使用のメモリブロックをふたつ、VA＝超シントロニクスに接続し、いったんはこの問題を排除した。しかし、ふたたび容量不足におちいるのは時間の問題だったため、基地のストックから、さらにもうひとつ別のメモリブロックを用意した。

現時点では、VA＝超シントロニクスの超現実コンポーネントの存在を感じることはほぼなかったが、活動バロメーターの動きを見れば、それが休みなく働いていることは確認できた。どちらのシントロニクス・コンポーネントも、科学者たちの介入はまだ不要と判断していたため、これまでのところ、データや情報のやりとりは、シントロニクスの内部でしか行なわれていなかった。

それでも、アンブッシュ・サトーは、介入は近いうちに必要になるだろうと考えていた。どちらも共通のシントロニクスに属しているとはいえ、コンポーネント同士のあいだで、いつかはかならず衝突が起きるにちがいなかったからだ。

しかし、いずれにせよ、理にかなった推論を立てたり、有用な発見をしたりするには、時期尚早《しょうそう》だった。SM＝ロディガー実験にも、いまのところ進展は見られない。定期的に開かれるミーティングには、組織の幹部も参加していたが、まださまざまな説が飛びかっている段階だった。

それなのに、ひとりでシミュレーションの結果を眺めていると、アンブッシュ・サトーはふいに疑念に襲われた。一見、おかしな点は見あたらない。モデルはいまだ不完全だが、これまでの経過は予想どおりだ。それに、これからとりかからねばならない措置やちょっとした実験も、まだずいぶん残っている。

それでもなお、具体的な事実を超現実的に評価できるかれは、違和感をおぼえた。なにかが引っかかった。どこがおかしいのかはっきりとはわからなかったが、はっきりしないだけに、その意味はさまざまに解釈できた。もっとも可能性が高いのは、シミュレーション・モデルのなにかが根本的にまちがっているということだ。

だが、いったいなにがまちがっているというのだろう？

サトーはどうしてもぬぐいきれないその疑念を、自分のなかだけにとどめておいた。実験が進むにつれて、疑念は解消されるのではないかと期待したからだ。それにどのみち、そのおぼろげな違和感を、具体的に言葉にすることはできそうになかった。まるで、暗闇のなかで手探りをしているような気分だった。つかみどころのない感情と正体不明のいらだちが、心のなかで渦巻いていた。

サトーは、あることを試みようと決意した。それもひとりで。超現実学者はVA＝超シントロニクスとの接続を確立し、超現実コンポーネントだけに向けて呼びかけた。自分が抱える漠然とした違和感を伝え、シントロニクス本体には、当分はこのことを知られないようにとの指示も出した。知られてしまえば、SM＝ロディガー実験全体に害が及ぶ危険があった。

すると、超現実コンポーネントからは、意外な答えが返ってきた。

「なんらかの欠陥があることは、わたしも気づいていました。すでにその特定に着手していて、VA＝シントロニクス本体もそれに協力してくれていますが、詳細については、本体には知らせていません。現時点では、本体のほうにもわたしにも、これといった成果は出ておりません。なにが問題なのか、見当すらついていない状態です。しかし、それを突きとめる努力は、これからもつづけていく予定です」

サトーにとって、これはよい知らせでもあり、悪い知らせでもあった。自分の違和感が正しかったことには安堵をおぼえたが、実験のなにかがまちがっているという疑念は、いまや確実なものとなったのだ。

サトーは、しばらくはこのままようすを見ることにし、今後は不自然な点があればどんなに小さなものでも気づけるように、実験をより綿密に注視しようと心に決めた。

＊

アノリーたちは捕虜とよい関係を築こうと、絶えず努力をつづけてきた。これまでのところは、捕虜を〝回心〟させることも、関係を大きく発展させることも果たせていないが、努力が実れば、実験にも寄与できるはずだった。

デグルウムとガヴヴァルとシルバアトは、SM＝ロディガー実験がはじまって最初の数日間は、カンタロとの対話において、以前とは別のアプローチを試みた。

機嫌の悪そうな聞き手に、超現実学者の計画を大まかに説明し、協力を頼んだ。かれらの命にもかかわることだと訴えたが、ドロイドの態度は変わらなかった。しかし、ロディガーが死んで以降、かれらが以前にも増してアノリーに不信を抱くようになったことを思えば、しぶしぶとはいえ、数人の捕虜が対話に顔を見せてくれただけでも、よしとすべきなのかもしれなかった。

死のインパルスについてや、それがコントロール通信網と関連している可能性についても話したが、ドロイドはあまり興味を示さなかった。おそらくそれは、〝死のインパルス〟という言葉が、ドロイドにはまったくなじみがなかったせいでもあるのだろう。そのうえかれらは、アノリーの話の信頼性にも疑いを持っていた。

それでも、わずかなりともかれらの好奇心を刺激できたことはまちがいなさそうだった。特にフォラムは、ときどき口を開くことがあった。そしてその日、フォラムは共用スペースにひとりで姿をあらわした。やはり仲間を連れずにそこにきていたデグルウムにとっては、またとない好機だった。

デグルウムはフォラムに、ロディガーには、そのほかの十六人のカンタロとは異なる点があったはずだというサトーの推測を話した。そしてそれこそが、かれの死の決定的な要因になった可能性があるということも。

「ほとんどの者は」と、フォラムはいった。「きみたちがロディガーを殺したのだと考えている。われわれをおびえさせるためにね。証拠はないが、裏切り者のショウダーの仕業だという者もいる。ロディガーのなにが、わたしやゲルヘナーやヴラグアーや、そのほかの者たちと異なっていたのか、わたしにはわからない。だが、ちょっとほかの者たちと話してみよう。きみの指摘がまちがいだとはいいきれないし、なにかを知っている者がいるかもしれないからな」

「われわれが」と、デグルウムは悲しげにいった。「これほど近い関係にある種族の一員を殺したというのは、きみにもひどくばかげた主張に思えたはずだ。われわれがそのような行為を黙認したり、支持したりしたのではないかと考えるのも、同じくらいばかげてる。だが、どうか仲間たちと話してみてくれ。わたしはここで待っているから」

フォラムは実際、しばらくすると戻ってきた。いやにゆっくりとした動きでふたたび席についたかれは、なにかを深く考えこんでいるように見えた。無表情な顔つきは、ある種のいらだちのあらわれなのかもしれなかった。

アノリーは無言で、フォラムが話しはじめるのを待った。

「わたしには、きみから聞いた話が理解できない」と、ドロイドはゆっくりと話しはじめた。なにかがかれをわずらわせているようだった。「少なくとも、わたしには絵空事のように思える。だが奇妙なことに、細かな点が事実と合致するとわかる頻度はどんどん増える」

「ロディガーについて、なにかわかったのか？」デグルウムはカンタロを、会話の核心に導いた。

「あてはまるかもしれないことがひとつある。フェニックスをめぐる戦いの前の数週間、ロディガーは《チョチャゲエルク》というかれの宇宙船で、ある任務に就いていた。船名は〝忠誠と勤勉〟という意味で、同族の三人の男もいっしょだった。銀河系と、遠くはなれた一銀河とのあいだのどこかにいたらしいが、なにをしていたのか、わたしは知らない。だが大事なのは任務の中身ではないだろう。どのみちわれわれは、その任務について詳しいことはなにも知らないのだが」

「つづけてくれ！」デグルウムは言葉に詰まったドロイドを急《せ》かした。

「とにかく、《チョチャゲエルク》は、きみたちの基地惑星であるフェニックスをめぐる戦いに送られるまで、かなり長いあいだ銀河系の外にいた。そしてきみがいったように、銀河系の外には、きみたちが見つけたコントロール通信網は存在しない。ロディガーは《チョチャゲエルク》の唯一の生きのこりだ。ほかの者はフェニックス上空で死んでしまった。だがわたし自身を含めたロディガー以外の全員は、戦いの前は銀河系の領域にいた。フェニックスに行けと指示されるまで、ずっと。ロディガーとわれわれとのちがいは、それだけだ」

「アンブッシュ・サトーは、そのちがいの意味するところを、かならず突きとめてくれるだろう」アノリーは気がせいて、急にじっとしていられなくなった。「わかった事実を組みたてて、正しい結論を導きだしてくれるにちがいない。協力に感謝するよ、フォラム。きみとはきっと、またすぐに話すことになるだろう。きみやきみの仲間が歩みよりの姿勢を見せてくれれば、カンタロ全体の利益になるんだ。忘れないでくれ！　われわれアノリーは、よこしまなことはなにひとつたくらんではいない！　またくるよ」

ドロイドからの返事はなかった。立ちあがり、フォラムはぎこちない足どりで部屋を出ていった。

デグルウムはもう少しその場にすわったままでいた。そしてかれもまた、カンタロの領域をあとにした。

＊

デグルウムはその足で、アンブッシュ・サトーのもとに向かった。サトーの新たな仕事部屋は、ＶＡ＝超シントロニクスとふたつに仕切られたＳＭ＝ロディガーの実験室のすぐ隣りにあった。医師のセッジ・ミドメイズやスペシャリストのアーバン・シペボ、かつての将軍候補生であるショウダーや、ガヴヴァルとシルバアトも姿を見せた。

アノリーは、フォラムから聞いた話をくりかえした。ひとこと話すごとに、超現実学者はどんどん大きくなるように見えた。かれの目は興奮で輝きを増し、指はずっとせわしなく動きつづけていた。

「これではっきりした！」サトーは、笛でも吹くようにいっきに息を吐きだした。「シミュレーションの結果はまだだが、それを待たずとも、すべてが見えてきました。お手柄です、デグルウム」

「もっとわかりやすく説明してもらえないかな?」と、《シマロン》の首席船医が訊いた。ミドメイズはこれまで、実験の論理的な背景にはあまり関与してこなかった。ショウダーのからだを使ったカンタロの技術解剖に集中するため、論理的な推論を立てるのは、ほかのメンバーにまかせていたのだ。

「ロディガーに関してデグルウムが突きとめたことは」と、超現実学者は話しはじめた。「非常に大きな意味があります。これまでの推論を裏づけるだけでなく、それを先へ進める手だてにもなります。つまりわたしがいいたいのは、こういうことです。〝いまある四つの事実を正しく組みあわせれば、答えはおのずと見えてくる〟」

「その、ひとつめの事実というのは?」セッジ・ミドメイズが先をうながした。かれの言葉には、ただの好奇心からの問いかけ以上のなにかがこめられていた。

「超高周波ハイパー・ウェーヴの領域で放射されるコントロール通信網については、すでにある程度わかっています。われわれは、ガルブレイス・デイトンや将軍候補生たちを殺した死のインパルスは、このシステムの送信機からはなたれたと考えています。このひとつめは、事実というより、事実と推測の組みあわせです」

「ではふたつめは」こんどは、あまり問いかけのようには聞こえなかった。

「ダアルショルとの一件があったとき、かれはこんなことを口にしました。銀河系の外に滞在したあとは、どうしてもその内側に戻らなくてはならないと、カンタロにとっては神秘の境界線であるクロノパルス壁の向こう側に戻らなくては死んでしまうと、かれはそんなふうにいっていました。われわれにはそれ以上のことは明かしませんでしたが、それは、かれがいいたくなかったからなのかもしれないし、いえなかったからなのかもしれません。ですがかれ自身は、自分がどうすべきかをちゃんとわかっていました。ここにいる捕虜たちを見れば、あるいは、ショウダーを見てもわかりますが、ダアルショルは例外だったようです。ダアルショル以外に、同様のことを口にした者はだれもいません。ただ、もしかするとロディガーもなにかを知っていて、だからこそ仲間とは離れてひとりで引きこもったのかもしれませんが。ここにいるカンタロたちも、ふたたび銀河系の内側にいることで、内心ではほっとしている可能性がないともいいきれません」

「三つめは?」

「たったいまの、デグルウムからの報告です」と、アンブッシュ・サトーはいった。

「それについてはつけ加えることはないので、四つめに移ります。ロードの支配者や、銀河系の真の権力者については、わかっていることはほとんどありません。モノスかもしれないし、別のなにかなのかもしれません。ですが、カンタロが銀河系から逃亡したり、不必要に長くクロノパルス壁の外に滞在したりしないことを、かれらが非常に重視しているのはまちがいなさそうです。カンタロは、あるじが望む任務を果たせる場所に控えていなければならないというわけです。つまり、銀河系の内側に!」

「それで、結論は?」と、セッジ・ミドメイズがたずねた。

「ロードの支配者には、カンタロの逃亡を防ぐなにかが必要なのです。カンタロに、銀河系の内側にいることを強いるなにかが。それが、生のインパルスです」

「ただの憶測ではありませんか」と、アーバン・シペボが口をはさんだ。

「事実にもとづいて引きだした、論理的な帰結です」超現実学者は異議を唱えた。「さらにいえば、いまあげた点をすべて統合すれば、ロディガーがたどった運命もはっきりと見えてきます。自由商人との戦いに駆りだされる前、かれは長期間、銀河系の外で《チョチャゲエルク》での任務に就いていました。そのため、銀河系を結ぶコントロール通信網から送られる、生のインパルスを受信できる状態にはありませんでした。そしてフェニックス上空での戦いが終われば、《チョチャゲエルク》はもちろん、すぐに銀河系に戻る予定でした。そうできれば、なんの問題も起きなかったはずです。ところが、それはかないませんでした。《チョチャゲエルク》は破壊されてしまったからです。ロディガーは生きのびましたが、かれ以外のカンタロの乗員は命を落としました。そして残骸から救いだされると、ロディガーはすぐに、生のインパルスを通さないエネルギー・フィールドのなかに閉じこめられてしまいました。われわれから見れば、単純に逃亡を防ぐための措置だったわけですが、そこには重大な副作用が隠されていました」

「それから?」と、アーバン・シペボは先を急かした。

「それから、生のインパルスを受けないまま、ロディガーは銀河系の内側へ、このヘレイオスへと移されました。ここはコントロール通信網の領域内ではありますが、かれはインパルスを受信することはできませんでした。カンタロの居住セクターを囲む拘束フィールドは、エネルギー的にその種のものを通さないつくりになっているからです。ロディガーはとうに銀河系の内側にいたにもかかわらず、いまだに銀河系の外のような、コントロール通信網の届かない場所にいたわけです。その間《かん》も、かれの体内時計は時を刻みつづけていました。もしかすると、かれはなにかを知っていたか、あるいは、なにかを予感していたのかもしれません。この件に関する知識のあったことが確実な、ダアルショルの場合と同じように。いずれにせよその日は、ロディガーの最期の瞬間である一一四六年の四月二日は、近づきつつありました。結局かれは、必要な生のインパルスを受けることはできませんでした。ロディガーは本能的に、ひとりで引きこもろうとしたのかもしれません。そして、かれのなかのなにかが、警報か、あるいはセキュリティ・メカニズムのようななにかがかれに語りかけ、あることを引きおこしたのです」

「ロディガーは爆発してしまった！」と、アーバン・シペボがいった。

「ただの憶測にしか聞こえないぞ」《シマロン》の船医も首を振りながらいった。「シヨウダーのからだでカンタロの技術解剖を行なったが、わたしが見たところ、いまの話を裏づけるようなものはなにもなかった」

「その裏づけとなる事実は」アンブッシュ・サトーはいった。「きっと今後の実験で見つかるはずです。調査すべき点はまだたくさん残っています。ですが、少なくともわたしは、コントロール通信システムからは、特定の対象に向けた死のインパルスだけでなく、生のインパルスもはなたれていると考えています。カンタロは、生のインパルスを一定の間隔で受信する必要があるのです。その間隔がどれくらいなのか、正確なところはまだわかりませんが、受信できなければ、体内で爆発が起きるという、非業の死を遂げることになるのです。ドロイドのからだのどの部分がその残酷なメカニズムを担っているのか、SM＝ロディガー実験を通して、まずは突きとめなければなりません。当分のあいだは、その点に重点を置いて実験を進めたいと思います」

「ひとつ、重大な問題があります」ショウダーが声をあげた。「その結論に異を唱えるつもりはありません。でもそれが真実だとすると、とんでもない危険が迫っていることになります」

「そう、いまのままでは、ここにいるきみの仲間たちの命が危ない」ガヴヴァルがあとをつづけた。「シルバアトとわたしも同じことを考えていました」

「その点は、わたしも気づいていました」と、超現実学者はため息をついた。「問題は、十六人のカンタロが、生のインパルスなしであとどのくらい耐えられるのかがわからないということです。理論的には、いますぐに全員が爆発してしまうことだって充分ありえます。考えるだけでも恐ろしいことですが」

「時間的な要素を示すヒントがまったくない」と、アーバン・シペボがいった。「生のインパルスが必要になる間隔は、あらかじめ決められているはずです。銀河系の外で過ごせる期間がどのくらいあるのかも。そのふたつの時間の長さは同じかもしれませんが、かならずしも同じとはかぎりません。体内での爆発が近づくと、警告が出されるメカニズムもあるのかもしれません。ロディガーは自分から仲間と距離を置き、引きこもったのですから。ところで、フェニックスで捕らえられる前に、ロディガーはどのくらい銀河系の外にいたのですか？」

「そのことについては、なにも聞いていません」と、デグルウムは答えた。「フォラムはなにも知りませんでしたし、仲間と話したかれが知らなかったということは、ほかのカンタロにもわからないのではないかと思います」

「一度、全体を整理してみましょう」アンブッシュ・サトーがふたたび口を開いた。「配下の者に圧力をかける、ロードの支配者の非情さを非難したところでなにもはじまりません。死にいたらしめるメカニズムについても同様です。死のインパルスで直接的に殺すにしても、生のインパルスの欠如によって間接的に命を奪うにしても、それらのメカニズムについてあれこれと推測をめぐらせたところでなんにもならない。それについては、シミュレーション・モデルを使った実験結果を待たねばなりません。カンタロたちはなにも知りません。ショウダーからも、フォラムやそのほかの捕虜たちからも、情報を得ることはできません。そしてメカニズムの解明とは別のところにも、深刻な問題が横たわっています」

サトーはゆっくりと深呼吸をした。

「われわれはドロイドを、三重のエネルギー・フィールドのなかに隔離しました。しかもいちばん外側のものは、ハイパーエネルギーの影響を完全に遮断するつくりになっています。つまりわれわれは、かれらから生のインパルスを受信する機会を奪っているのです。そしてそのことによってかれらの命を危険にさらしているだけでなく、先ほどの推論が正しければ、われわれはそのことによって、最終的にはカンタロを殺してしまうことになるのです!」

「確かに、おっしゃるとおりです」と、デグルウムがいった。「われわれにも、どうすればいいのかわかりません。エネルギー・フィールドを消去すれば、カンタロが逃亡する危険が生じます。だがその危険も、真の危険の前では色あせてしまう。エネルギー・フィールドがなくなれば、カンタロは死のインパルスで殺されてしまうかもしれない。エネルギー・フィールドがあってもなくても、どのみちドロイドは命の危険にさらされるのです。客観的に事実だけを見れば、サトー、かれらは実質、すでに死んでいるようなものです」

「その時は刻々と迫っています」と、超現実学者はいった。「デグルウム、どうかきみたちアノリーから、命の危険があることを、カンタロに気づかせてもらえないだろうか。協力してもらえなければ、かれらは死んでしまうのだと。もしそうなれば、われわれもかれらのあるじと同罪です」

アノリーたちは即、その依頼を受けいれた。

6 協力

デグルウムとガヴヴァルとシルバアトの胸に、よろこびがこみ上げた。フォラムのほかに、七人ものカンタロが共用スペースに姿をあらわしたのだ。しかも今回の対話は、前もって告知されていたものではなかったというのに。深刻な危険にさらされているいまの不穏な状況を思えば、この進歩は大きな意味を持っていた。あたりに漂う不穏な空気は、きっとドロイドの心にも不安を生じさせたのだろう。アノリーたちはそう考えたし、捕虜が対話に意欲的になったのは、そうした心境の変化のあらわれだと思われた。

ひとまずはアノリーが一方的に話をしたが、その言葉にも、明らかに以前よりも大きな関心が寄せられていた。それはドロイドの表情にはっきりとあらわれていた。デグルウムは、かれらが自分たちの話に興味を持つようになったおもな要因について考えをめぐらせた。

ネイスクール銀河の同じ種族から分派した聡明な子孫たちは、ロディガーの死に関して、最終的に正しい結論を引きだしたにちがいない、とかれは思った。だが本音をいえば、かれらが急に歩みよりを見せた理由は、デグルウムにとってはさほど重要ではなかった。重要なのは、両者のあいだの氷が溶けはじめたということだった。

ガヴヴァルはもう一度、死のインパルスについての推測と、判明している事実をひとおりくりかえした。デグルウムは、コントロール通信網や生のインパルスに関するアンブッシュ・サトーの新たな説を補足した。

そして最後にシルバアトが、ショウダーが受けた調査の詳細を説明し、かれは引きつづき調査に協力する意思を表明しているとカンタロに告げた。

「だが、かつての将軍候補生には問題がある」と、シルバアトはいった。「その問題とは、かれ自身だ。ショウダーはなにもかも完璧な〝真の〟カンタロではない。いわば、繁殖時の失敗作だ。欠陥があるのは、生体とシントロニクスから成るからだのほんの数カ所にすぎないとはいえ、そのわずかなちがいが持つ意味は大きい。ショウダーの命が助かったのは、そのおかげなのだ。ショウダーは、繁殖惑星サンプソンで死のインパルスによって殺害されるはずだった。だが、死のインパルスに反応する体内のメカニズムが、かれの場合、完全に成長しきっていなかったのだ。その器官が発するエネルギーの発生量が極端に少なかったせいで、重傷は負ったものの、命は助かった。コントロール通信網や、それを操作しているロードの支配者には、ショウダーはおそらく、すでにこの世にいないものと認識されているだろう。アンブッシュ・サトーとわれわれは、ショウダーはいまでは死のインパルスの標的になることも、生のインパルスを受ける必要もなくなったと確信している。それらを受信する体内の器官がもはや存在していない、といい換えてもいいだろう。きみたちの生死を握る器官については、いまはまだ推測の部分が多いが、規格から逸脱したところのないカンタロのからだを調べさせてもらえれば、その裏づけをとることができるかもしれない。いまあげたような理由から、ショウダーの協力だけでは、確かなことを調べるのは不可能なんだ」

「つまり、われわれのだれかの協力がいるというわけか」いちばん奥にいるドロイドがいった。「わたしはあるじへの忠誠に疑問を持ってはいるが、だからといって、危険で無意味な実験のために敵に身を差しだすつもりはない。それよりも、無条件の即時釈放を要求する。そうすれば、確実に死は避けられる」

「それでは逆に死が確実になるだけだ」と、デグルウムが答えた。「よく考えてみてくれ。ここから出たら、まちがいなく死のインパルスにやられてしまうぞ」

「そんなこと信じられるか」と、カンタロはうなるようにいった。「おまえがなんといおうと、わたしの気は変わらない」

アノリーたちは強い抵抗にあったが、フォラムだけはいくらか心を開いてくれた。

「きみたちから聞いた話について、わたしはひととおり考えてみた」と、かれはいった。「仲間とも議論をしたが、いまのところ、意見は一致していない。いちばんの問題は、死のインパルスや生のインパルスなどという言葉が、われわれには初耳だということだ。きみたちがコントロール通信網と関連づけているメカニズムについてもなにひとつ知らない。われわれはみな同じではないから、同族のなかにはおそらくからだのつくりが異なる者もいるのだろうが、それについても知っていることはなにもない。そちらに寝返った、もと将軍候補生のショウダーですら詳細を知らされていないのなら、具体的なことをわれわれが知っているわけがない」

「だが、自分たちの命にかかわることを、まったくなにも知らないわけはないだろう」

デグルウムがあてずっぽうにはなった矢は、どうやら命中したようだった。

「もちろん、わかっていることもある。突然、死に見舞われる特定の状況があることは知っている」

「とても大事なことじゃないか」デグルウムはため息をついた。「どうしてそれをすぐにいわない？　われわれにも、きみたちにとっても役にたつ情報なのに！」

「きみたちにはまったく関係のないことだと思ったからだ」と、フォラムがいった。

「実のところ、いまでもまだ、ほとんどの者がそう考えている。きみたちと率直に話す気になっているのは、わたしと、そのほかには三人しかいない。ただ、ロディガーの死に不審を感じたせいで、考え方を変えたほうがいいのではないかという意見が出ているのも事実だ。だからわたしは友の了承を得て、きみたちとある程度正直に話すことにしたんだ」

「賢明な判断だ」と、ガヴヴァルがいった。「われわれは、きみから聞いた話を悪用するつもりはない。ただきみたちを助けたいだけなんだ。すでに何度もいったことだが、もう一度くりかえすよ。どうか、われわれを信用してほしい！」

フォラムはそっけなくうなずいた。

「突然の死に見舞われる状況には、どういったものがあるんだ？」と、デグルウムが訊いた。

「わかっているのは三つだ」と、ドロイドは答えた。「ミスをして敵に捕らえられたとき。ロードの支配者に逆らったとき。そして、銀河系の外にいる期間が長くなりすぎたときだ」

これではっきりした！　カンタロは、自分たちの命がつねにおびやかされていることはわかっているが、それがどんなふうに機能するかについては、なにも知らないのだ！

そうして配下の者に精神的な圧力をかけるとは、なんと残酷で非情なシステムだろう。

それにくらべれば、どんなに悪名高い独裁者も色あせてしまう。

「長くなりすぎたとき、か」シルバアトが聞いた言葉をくりかえした。「〝長すぎる〟というのは、どのくらいの期間を指すのだろう？」

「それについては、見当もつかない」と、フォラムが答えた。

「きみたちが率直に話してくれたのはうれしいが、われわれの共通の問題は少しも解決に近づいていない」デグルウムはまだ気をゆるめていなかった。「きみたちの居住セクターを囲んでいるエネルギー・フィールドは、死のインパルスでの突然死からきみたちを守ってはくれる。だが、それがなんになる？　ロディガーの例ではっきりしたと思うが、エネルギー・フィールドは生のインパルスも通さないんだ」

「確かに」と、フォラムは認めた。「きみたちの措置のおかげで、われわれの命はのびた。だが同時にその措置が原因で、否応なしに死に近づいてもいる。ロードの支配者のコントロールシステムからは、絶対に逃れられないというわけだ」

「きみたちや残酷なメカニズムのことがもっとわかれば」と、ガヴヴァルはいった。「その悪循環を断ち切ることができるかもしれない」

「われわれは、複数のシミュレーションを使った実験を行なっている」と、シルバアトが補足した。「ロディガーのからだを、三通りの方法でできるだけ正確に再現したんだ。そのうちの理論上でつくったモデルにも、実際につくりあげたモデルにも、超高周波の放射をしているが、いまのところこれといった成果はあがっていない。だが、こうしているあいだにも時はどんどん過ぎているし、一秒ごとにきみたちは死に近づいている。シミュレーション・モデルにはまだたりない情報があるが、ショウダーからはそれを得られない。なぜならかれは、一般的なカンタロとは異なっているからだ」

ドロイドたちは沈黙した。顔を見あわせ、たがいに目くばせをすると、立ちあがって共用スペースから出ていった。

デグルウムとガヴヴァルとシルバアトも、かれらとほぼ同様の行動をとった。無言で顔を見あわせただけで、ほかにはなにもしなかった。ただデグルウムだけが、小型の送信機のスイッチを入れて、いまの会話がアンブッシュ・サトーのもとに送られるように、VA＝超シントロニクスのデータにその記録を追加した。この情報がSM＝ロディガー実験にとりいれられるよう、超現実学者にはただちにその内容を知らせる必要があった。

約十五分後、フォラムがひとりで戻ってきた。

「ロードの支配者への信頼は失われた」と、かれはいった。「ロディガーの死をむだにしてはならない。きみたちがいまでも完全に発達したカンタロを調べたいと思っているのなら、わたしがそれに協力しよう」

アノリーたちはいかなる状況にあっても感情をおさえ、心の動きをおもてに出さないことを身につけてきた。だがこのときばかりは、目が輝くのをおさえることができなかった。

「ありがとう、フォラム」と、デグルウムはいった。

捕らえられたドロイドたちとの協力への第一歩が、このとき踏みだされた。

フォラムの申し出によって、SM＝ロディガー実験には、もうひとつバリエーションが増えた。この大きな前進は、もしかすると謎を解く突破口になる可能性もあった。なにしろ〝欠陥のない〟カンタロが、はじめて調査に協力してくれるのだ。

セッジ・ミドメイズはすぐにでも調査に没頭したかった。ショウダーを徹底的に調べつくすのに使った機器のある実験セクターに、フォラムをただちに呼びよせたかった。

しかしもちろん、そんなことができるわけはなかった。

VA＝超シントロニクスと、アンブッシュ・サトーやそのほかのスペシャリストとおった実験の中心メンバーのあいだで持たれた協議では、最初の数回だけで、すでにさまざまな問題点が指摘されていた。克服すべき点や、特別な解決策を見つけなければならない点はいくつもあった。

もっとも大きな問題は、フォラムを居住セクターから連れだすには、非常に大がかりな安全措置が必要になることだった。エネルギー・フィールドの保護下を出れば、次の死のインパルスで、かれは確実に殺されてしまうだろう。

とれる選択肢はふたつしかなかった。フォラムを連れてくる実験セクターの全室と、そこにつながるすべての通路をエネルギー的に保護するか、調査する場所を居住セクターに移すかのどちらかだ。

ひとつめの選択肢の場合は、安全措置を講じるために数日ついやさなくてはならない。そのことによって、もともとない時間はさらに削られることになる。

ふたつめの選択肢の場合は、医療機器や技術機器を運搬し、基地の主シントロニクスやVA＝超シントロニクスにつながるデータ回線にも変更を加える手間が伴う。だがそのためにかかる時間は、ずっと少なくてすむ。

アンブッシュ・サトーは、VA＝超シントロニクスの詳細な分析が終わるのを待って、決断をくだそうとした。しかし、それがまだ終わりきらないうちに、シントロニクスからは別の問題の指摘があった。

「このシステムには、除去することのできないエラーがふたつあります」と、シントロニクスはいった。

超現実学者はうろたえた。それはまさに、いつか起こるかもしれないと恐れていたことだった。以前から抱いていた疑念をほかのメンバーに打ちあけると、全員が困惑した表情を見せた。

「どうやら」と、VAはつづけた。「シミュレーション・モデルに、まちがった構成要素がふたつ、紛れこんでいるようです。それらの位置はまだ特定できていませんが、三つのモデルのつくりは共通であるため、どのモデルにも異物が紛れていることはまちがいありません。今後の実験には充分な注意が必要です。このエラーによってまちがった結果が引きだされたり、破壊などの、なんらかの望まない反応が起きたりする可能性があります」

「そのエラーは、わたしが突きとめます」と、アーバン・シペボがいった。

「お願いします」サトーは急ぎ足でその場を離れるスペシャリストの背中に告げると、ふたたびそのほかのメンバーのほうに向きなおった。そのなかには、いまでは聞き役にまわったショウダーの姿もあった。かれ自身は実験について充分な知識があるわけではなかったし、フォラムが協力を表明したいまとなっては、セッジ・ミドメイズにこれ以上からだを調べられる必要もなくなっていた。それに、かつての将軍候補生のからだは、どのみち徹底的に調べつくされていた。

超現実学者の頭のなかには、フォラムの調査に関してあげられた問題点と、VA＝超シントロニクスからの警告に対する解決策がすでに用意されていた。

「カンタロの技術解剖は、外部から保護されている居住セクター内でのみ行なうこととします」と、かれはいった。「その点に、選択の余地はありません。そうでなければ、かれの命はかなりの確率で危険にさらされるでしょう。それにもしかれが死ぬようなことがあれば、ほかのドロイドたちの不審は募り、またすべてが振りだしに戻ってしまいます」

アノリーたちもそれに同意を示した。

「この実験セクターの環境を整えていては、貴重な時間が失われてしまいます」と、サトーはつづけた。「われわれには時間がありません。ここにいる捕虜の命は、いつつきてもおかしくないのです。それから、シミュレーション・モデルにあるというエラーの影響を防ぐための措置も講じておかなくてはなりません。調査は、このために特別に用意する医療ロボットのみが行なうものとします。そしてデータはすべてパケット単位で収集させ、VAに送らせます。そうすれば、調査とフォラム自身をシミュレーション・モデルから完全に切りはなすことができるため、その両方に望まないフィードバックが及ぶのを避けることができます。つまり、技術的になんらかの反応が起きたとしても、調査の精度を落としたり、フォラムの命を危険にさらしたりせずにすむというわけです」

セッジ・ミドメイズの顔に失望の色が浮かんだ。この決定は、かれが実質、この調査の端役に格さげになることを意味していたからだ。調査を担うのはロボットで、自分は画面で結果を見たり、データを読んだりするだけの役まわりということになる。しかし医師は、安全を考えればそれがいちばんの方法だということも、きちんと理解していた。

調査を行なう三体の医療ロボットが運びこまれた。ミドメイズはほかのスタッフの助けも借りて、任務を遂行できるように、数時間かけてロボットの準備を整えた。

ロボットは、医療技術機器の大半を持って移動しなくてはならなかった。そしてそれらの特殊機器と、ロボットの装置とを適合させるための措置がとられた。医療ロボットには、主シントロニクスによって開発された新しいサブプログラムも搭載された。ロボットは、完全に独立して作業をする必要があったからだ。それから、調査のためのデータ回線が準備され、接続され、捕虜の居住領域から無事に情報が届くかどうかがテストされた。

フォラムはデグルウムから、計画全般と、そのための準備についての説明を受け、それらを全面的に受けいれた。調査に協力すると、かれはあらためて表明した。

アンブッシュ・サトーは、これから行なう調査について、VA＝超シントロニクスに詳細に報告をした。ドロイドのからだの構造を完全に把握できる可能性は、いまや飛躍的に高まっていた。

シントロニクスの超現実コンポーネントからは、シミュレーション・モデルに含まれるふたつのエラーを特定し、排除できる可能性もある、との推測も出された。

そして現実とは逆の思考をするこのユニットは、予期していなかったもうひとつの事実も指摘した。

「これほどの労力をかけて」と、超現実コンポーネントはいった。「生のインパルスや死のインパルスをはなってまでカンタロを操ろうとする、ロードの支配者のような者は、手の内をかんたんには見せたがらないものです」

アンブッシュ・サトーとショウダーと、ふたたびその場に戻ってきていたアーバン・シペボは、その指摘にはっとした。セッジ・ミドメイズの顔にも驚きがあらわれていた。

「なにがいいたいのです？」と、超現実学者は問いかけた。だがシントロニクスの言葉を聞いたとき、すでに答えの予測はついていた。

「これまでの実験から、わたしはある仮説を立てています」と、シントロニクスはいった。「死のメカニズムの鍵を握るのは、カンタロの第五の心室にある、心筋の突起ではないかと思うのです。ショウダーの場合、この臓器は指先ほどの大きさしかなく、そこにはシントロニクスの構成要素も含まれているようでしたが、詳細は確認できませんでした。医療用センサーで内部を探ることは不可能だったからです」

「その可能性については、わたしも考えたことがある」と、セッジ・ミドメイズがいった。「その小さな突起には、奇異な印象を持ったんだ。発育不全による形態異常のようにも見えたが、残念ながら、形を比較できるカンタロがいないのでね」

「〝いなかった〟、です！」と、アンブッシュ・サトーが語尾を正した。「だがまずは、シントロニクスの考えを最後まで聞いてみましょう」

「死のインパルスを受けると」と、準超現実ユニットは話をつづけた。「この突起から、爆発を誘発するなにかがはなたれるのかもしれません。ただ爆発は、そのようにして起きる場合もあるでしょうが、まったく別の理由で起きる場合もあるのではないかと思われます」

「本当にいいたいことは、ほかにあるのではないですか？」と、超現実学者は声に出して考えを述べた。周囲にいたメンバーは、驚いていっせいにかれを見た。そしてシントロニクスがそれを認めると、驚きはさらに大きくなった。

「そのとおりです。カンタロの生死をつかさどるシステムを創造した者は、そのシステムが暴かれないよう、万全を期しているにちがいないとわたしは考えています。医療技術ではその仕組みを解きあかせないという事実が、その可能性を示唆しています。いまでは多少強引な手段を使えば、その仕組みを突きとめられる可能性が出てきたわけですが、その一方で、そのシステム自体がひどい爆発を起こす場合もあることはすでにわかっています。そう考えると、生のインパルスの欠如や死のインパルス以外にも、爆発のきっかけとなるものはあるのではないかという疑念も、当然生じます。ですからこの調査も、そのモジュールに無理に介入しようとした場合にも爆発が起きるという前提で進めるべきではないでしょうか。ショウダーのときはなにも起こりませんでしたが、それは、かれがこの点でも、ほかのカンタロとは異なっていたためだと思われます」

「つまり」と、ミドメイズ医師が不安のにじむ声でいった。「今回の調査は、フォラムを殺しかねないということか？」

「わたしが警告したかったのはまさにその点です」と、シントロニクスはいった。「あからさまないい方をすれば、そのシステムの肝《きも》となる部位に介入しようとすれば、かれは粉々に吹きとんでしまうのではないかとわたしは考えています。心臓の突起は、そのシステムとなんらかのかかわりがあると思われます。データ領域でのシミュレーション実験では、その推測はすでに裏づけられています。ただしSM＝ロディガーのオリジナルモデルでは、確認はとれていません。心臓にある突起の内部構造についてはまだデータが存在しないため、正確なモデルをつくることができないのです」

とるべき対策について、徹底的な議論がかわされた。デグルウムは道義的な義務を果たすため、あらためてカンタロたちのもとへと向かった。調査の危険性についてフォラムに知らせ、かれの意見を考慮する必要があった。

アンブッシュ・サトーはスペシャリストたちとともに、追加のセキュリティ・コンポーネントの設計に着手した。フォラムと医療ロボットは調査のあいだ、どんな物質も通さない、ドーム形の追加のエネルギー・バリアでおおわれることになったのだ。そうすれば、本当に爆発が起きてしまった場合にも、被害が及ぶ領域は最小限におさえられるはずだった。

しかし、この対策だけではまだ不充分だった。これほどの強固な防護をほどこせば、データを送ることもできなくなってしまう。そこで、シミュレーション・モデルにあるというエラーを探しながらも、まだその特定にはいたっていなかったアーバン・シペボに、ただちにその解決策を見つけるよう指示が出された。

シペボは基地にあった予備の部品から必要なものを選びだし、ミニチュアのパラトロン・バリアでおおうことのできる、携帯用データ記憶装置を手ぎわよく準備した。

その小型の機械はエネルギーを自力でまかなうことができ、すべてのコンポーネントが強力なバリアの内側にあった。ただし、バリアは一度に一時間しか持続しないため、医療ロボットは一時間ごとに休憩をとって、機械がむきだしになっているあいだに爆発が起きるリスクを避けなくてはならない。

そして休憩時にデータが従来の方法でとりだされると、調査はあらためてスタートする。調査中は、新しいデータが得られるたびに、医療ロボットがルミネセンス・シグナルでその旨通知をし、データを移すほんの一瞬だけ、記憶装置のバリアは非活性化される。

しかしそのあいだも、データシステムはしっかりと保護されている。パラトロン・バリアのまわりには、気圧の変動にのみ反応する走査フィールドが敷かれており、しかもその反応速度は光速に近いため、爆風で気圧が変化すれば、バリアはただちに閉じられることになるからだ。

そうなればもちろんデータ供給も中断するが、爆発でデータが受ける損失を思えば、ある程度の情報が失われるのは仕方がなかった。

デグルウムが戻ってきた。かれの報告によれば、調査には死の危険が伴うと聞いても、フォラムの意思は変わらないようだった。アノリーたちの論証に、実質、全面的に同意しているドロイドにとって、死のインパルスで死のうが、生のインパルスの欠如で死のうが、ほかのなにかが原因で死にいたろうが、そんなことはたいした問題ではないのだろう。フォラムは協力をやめるどころか、むしろいまおちいっているジレンマの出口を見つけることに真摯にとりくむ姿勢を見せた。そのためなら命をかけることも辞さないかまえだった。

アンブッシュ・サトーと調査にかかわるメンバーたちは、決定事項を、VA＝超シントロニクスとともにひととおり再確認した。アノリーたちは、フォラムとかれの同族たちの要望に応え、計画の細部にいたるまで、ていねいにかれらに説明をした。

準備は着々と進んでいた。サトーから進捗状況の報告を受けたペリー・ローダンは、数時間後にはそちらへ行くと返事をした。科学者たちの実験が、重要な段階に差しかかっているのは明らかだった。ローダンは、それをじかに自分の目で見たかった。

サトーやかれの右腕として働く者たちから見れば、この調査には不安な要素もあった。なにしろシミュレーション・モデルにあるというふたつのエラーは、いまだに特定できていないのだ。しかし、それがフォラムの調査に直接的な影響を及ぼすことは、まずありえないだろうと思われた。

準備完了の知らせが届いた。サトーは、迷わずスタートの指示を出した。

7 問題

フォラムの調査の出だしは順調だった。それでも研究者たちは、非常な忍耐を強いられた。医療ロボットが調査をはじめても、具体的な結果はすぐにはもたらされなかったからだ。短時間で結果を出すには、調査範囲が広すぎた。しかも医療ロボットは、一時間のスパンで完全に独立して仕事をすることになっていた。厳重に保護されたエリアからデータをとりだし、シントロニクスに移す作業はその合間にしか行なわれないため、収集したデータの評価も、それまで待たねばならなかった。

科学者たちはその間、実験のメインであるシミュレーション・モデルの仕事をつづけたが、セッジ・ミドメイズだけは、フォラムとかれのからだの調査に全神経を集中させ、カメラの画像を追っていた。

実際にはそんなことをしても無意味で、画像からでは細かな点は確認できず、なにか起きたとしても介入もできないのだが、この調査に固執《こしゅう》するあまり、ミドメイズはほかの仕事がまったく手につかなかったのだ。

SM＝ロディガー実験には、カンタロのフォラムに対して行なわれている技術と医学両面からの解剖を除けば、いまはふたつの流れがあった。アンブッシュ・サトーはシミュレーション・モデルにさらに修正を加えた放射をし、アーバン・シペボは、数名のスペシャリストとともにモデルの全構築過程を見なおして、システムに指摘されたふたつのエラーを見つけだそうとしていた。

シペボのほうに進展はなかったが、超現実学者は、生のインパルスと死のインパルスに関する自説を裏づける新たな証拠を得た。この残酷なメカニズムを解明しようとも試みたが、胸郭にある臓器とマイクロ・シントロニクスの機能を明らかにすることはできなかった。この部分に関しては、フォラムの調査が終わるのを待たなければならないようだった。

カンタロの居住セクターから届いた最初のふたつのデータパケットには、特別な情報は含まれていなかった。いまのところはまだ、全身の状態が大まかに記録されていただけだった。

データはすべて、実験データ全体を制御しているVA＝超シントロニクスに入力され、ショウダーの値《あたい》と照合された。基本的な部分には、両者に相違点やずれはなかった。もちろん、それぞれのからだの部位が大きかったり小さかったりのちがいはあるが、その差はわずかか、あるいは予想の範囲内だった。それに対して、シントロニクスのモジュールに関するデータのほうは、完全に一致していた。

セッジ・ミドメイズも、これといった発見はしていなかった。しかし、こちらについては、精度の高いゾンデや解像度の高い手法をもちいた結果を待つ必要があるというのは、はじめからわかっていたことだった。

フォラムはすべての調査を、ほとんどあきらめに近いといっていいほどの、はかりしれない寛容さで受けいれていた。

数時間後、胸郭の中央部分の詳細な解剖データが届いた。医師は、VA＝超シントロニクスへの入力が終わりきらないうちから、その画像イメージを観察し、基本データを読みはじめた。

心臓に五つめの心室があることは、すでにショウダーの調査でわかっていた。それは胸郭の中央にあって、フォラムの場合も、形はまったく同じだった。だが、これまでの推論で重視されていた例の突起を探すと、ミドメイズは大きな驚きに襲われた。

〝心臓の突起〟と呼んでいたこの極小の臓器は、フォラムの場合、小指ほどの大きさがあったのだ！

ショウダーのものの、実に三倍の大きさがあった！

かつての将軍候補生のこの臓器は、発育不全だったのではないかという医師の推測が裏づけられた。

ミドメイズはこの発見を知らせるために、アンブッシュ・サトーを呼んだ。

しかし、心臓の突起に関するデータを読もうとすると、そこにはっきりとした記述はなかった。医療ロボットのゾンデはなにも突きとめられなかったか、あるいは、詳細な調査をまだはじめていないようだった。〝心筋の突起の内部には、シントロニクスのマイクロモジュールがあると思われる〟としか記されておらず、その機能についてはまだなにひとつ判明していなかった。

超現実学者が姿を見せたため、かれらはともに画像とデータを吟味した。VA＝超シントロニクスはそのあいだにも、新しく届いたデータの処理をつづけていた。

「まだこれからの情報を待つ必要はあるが」と、ミドメイズはいった。「われわれの推測は正しかったようだな」

アンブッシュ・サトーはうなずいた。

「心臓にあるこの突起が未発達だったせいで」と、サトーは声に出して自問した。「死のインパルスはショウダーに機能しなかったのでしょうか。そう考えてまちがいなさそうですね。まだ証拠はありませんが、見つけることはできるでしょう。この心臓の突起の正確なデータが出れば、きっと証明できるはずです」

突然、画面上でシグナルが高速で点滅しはじめた。さらに警報までが鳴りだし、画面の上部一列がさまざまなシンボルで埋めつくされた。どうやらVA＝超シントロニクスの両方のコンポーネントが、それぞれに重要ななにかを告げたがっているらしかった。

ミドメイズはそれらを受信できる状態にあることを確かめた。

シントロニクスの通知の仕方を見れば、なにか厄介な問題が起きたと考えてまちがいなさそうだった。ふたりの男は即座にそれぞれの通知を聞き、そして読んだ。最初に話しはじめたのは、シントロニクス本体のほうだった。

「心臓の突起のデータを、シミュレーション・モデルに適応させることができません。統合することも不可能です」と、シントロニクスは端的に述べた。

ふたりの科学者は唖然として顔を見あわせた。

VA＝超シントロニクスの準超現実コンポーネントは、別の見方をしていた。「主記憶装置に問題が発生しました」と、こちらはいった。「そのため、新しいデータをシミュレーション・モデルに同化させることができません」

解釈のちがいはわずかだった。だが、逆の思考をするコンポーネントが、データが適応しない原因はシントロニクスのメイン部分にあると指摘したのは、おそらく、チェックのルーチンをひととおり作動させるためではないかと思われた。実際、チェックは即時実行された。そして内部のこのプロセスが終了すると、VA＝超シントロニクスはふたたび口を開いた。こんどは、ふたつめのコンポーネントからの反論もなかった。

「シミュレーション・モデルAにエラーがあります」と、シントロニクスはいった。それは、大部分が死んだカンタロの、ロディガーの残骸からつくられた、左の実験室にあるモデルだった。「その点にもはや疑問の余地はありません。ご存じのように、モデルAの構成要素は、ほかよりも優先度が高いのです。モデルBの人工的な構成要素や、モデルCのシントロニクスの構成要素とはちがい、Aは大半が本物のロディガーから集めたものであるためです。モデルAのどこかの部分が、カンタロのフォラムのからだから届いた新しいデータの受けいれを拒否しています。拒絶が起きている原因はこれから詳細に探りますが、当面のあいだは、エラーの起きていないモデルBとCのみで作業をつづけます」

有力な手がかりをつかんだ途端、また別の問題が起きた。科学者たちは協議をし、ある決断をくだした。これ以上頭を悩ませることはなくなるが、場合によっては、深刻な問題が発生するかもしれない決断だった。

フォラムの心筋の調査は、続行されることとなった。それも、あらゆる手段を使って、徹底的に。具体的にいえば、さまざまな技術や医療的手段を駆使して突起のなかへと入りこみ、その構造を解明していくということだ。

しかし、アンブッシュ・サトーとメンバーたちは、そのことによってフォラムがさらされるリスクについても承知していた。ドロイドは、かれらの決断についてデグルウムから伝えられても、不満を漏らしたりはしなかった。一度決めたことを翻意《ほんい》するつもりは、フォラムにはないようだった。

＊

ペリー・ローダンは転送機を使い、《オーディン》からヴィッダーの基地の近くに移動した。アンブッシュ・サトーのもとへ行き、実験の進みぐあいを確かめる前に、しておきたいことがふたつあった。

最初に足を向けたのは、ヴィッダーの作業場だった。ホーマー・G・アダムスからの情報によれば、アンソン・アーガイリスことスペシャル・ロボットのヴァリオ＝500が、いまそこにいるはずだった。ローダンは、ずいぶん長くヴァリオに会っていなかった。《バジス》の再装備のメインスタッフとして協力してもらおうともしたのだが、アダムスから、スーパー・ロボットはいま動ける状態にないと聞かされた。ヘレイオスで、再生に向けた包括的なメンテナンスを受けている最中だというのだ。

そのため協力を要請するのはあきらめたが、ヴァリオは数百年来の、もっとも大事な同志のひとりだった。シガ星人のマイクロ工法の傑作で、機械だけから成る純粋なロボットだとはいえ、かれとの関係をとだえさせたくはなかった。ローダンは、ヴァリオの正確な居場所をたずねた。それに答えることを拒否する者は、もちろんだれもいなかった。

五分の四が地下にあり、残りの部分が山から突きでた縦長のホールを訪ねると、技師がかれを迎えいれ、実験室や組みたてエリアなどが複雑に並ぶなかを案内してくれた。「かれの脳と話すことができますよ」と、技師はいった。「いまは卵形のからだの外にあるんです。ヴァリオはモジュールごとに解体してあるので。ほら、あそこです！」

プラスティックのシャーレのなかに、シントロニクスのコンポーネントが組みこまれた、こぶし大の生体ポジトロニクスの脳があった。エネルギー供給機器とセンサーをつなげた間に合わせの装置の上にあり、それを通して外の世界と話せるようになっていた。

「やあ、ペリー！」シンプルなスピーカーから、金属的な笑い声がした。「見てのとおり、いまはあまり魅力的とはいえない見た目でね」

「本当だな、古き友よ。かれらはここできみになにをしてるんだ？」

「わたしからメンテナンスをお願いしたのですよ。わたしの内側は、修復が必要なだけではなく、いくつかコンポーネントを新しくする必要もあるのです。マイクロ領域でも、技術は進化をつづけていますからね。大きく改良された技術はたくさんあるし、だれだって最先端の状態でいたいものでしょう？　薄紫のこんなプラスティック製のシャーレに置かれるのは冒瀆《ぼうとく》と受けとれなくもないですが、わたしは全然気にしていません」

「ユーモアは健在のようだな」ローダンはあたりを見まわした。技師が操作する何体かのロボットが、ヴァリオのさまざまな部品に手を加えていた。

「実は、ひとつ訊いてお

きたいことがあってね。また、きみの手を借りられるようになるのはいつごろかな？」

「まもなくです」と、ヴァリオ＝500は答えた。「もう組みたてにとりかかっていて、今日の午前中には終わる予定です。そして最後に、わたしの意識中枢が入ることになっています。まずはわたしなしで、コンポーネントをぜんぶテストする必要がありますから。奥の部屋では、わたしの提案に応じて、ヴィッダーが新しいマスクをいくつかつくってくれてもいます。もちろんこのことは、アダムスも了承ずみです。できあがったものを見たら、きっと驚きますよ。マスクも敵に合わせて、どんどん新しくしていかなきゃなりませんからね」

それ以上の質問をしなくても、ペリー・ローダンには、ヴァリオのいわんとすることが理解できた。保護のために張られたエネルギー・フィールドの向こう側には、何種類ものボディマスクがあるのが見えた。そのなかにはアノリーのものも、さまざまなタイプのカンタロのマスクもあった。

「捕虜のドロイドに対して行なわれた以前の調査で」と、ヴァリオ＝500はつづけた。「かれらからはそれぞれ特有の放射があることがわかっています。微弱ではありますが、それらはひとりひとり異なっていて、下級の指揮官や無名の庶民や、将軍候補生や佐官など、どんなタイプのカンタロなのかをあらわしているようです。このことについてはきっとあなたの耳にも入っているでしょう。そうした放射は捕虜も気づかないうちにすていることがわかった。でに測定ずみで、ここの実験室では、それらを正確に模倣できるモジュールもつくられています。いまは、わたしが必要に応じてからだからとりだせるように、それらのモジュールを小型化してくれているところです」

「すばらしいアイデアだな、古き友よ」ローダンがヴァリオを人間のように扱うのは、珍しいことではなかった。いまのヴァリオは、こぶし大のほのかに光る金属のエレメントという姿だったが、それでも、ローダンの態度に変わりはなかった。「頭のなかで、別れぎわの握手しているところを想像してくれ。では、また！」

「またすぐにお会いしましょう！」スペシャル・ロボットは挨拶を返し、いまのかれにもコントロール可能な、ひとつしかないセンサーライトを点滅させた。

ノビー・シペボがいる医療センターへは、徒歩で向かった。遠い道のりではなかったし、広々とした自然のなかを歩いていると、自分だけの考えに浸ることもできた。

きのう、ロナルド・テケナーとようやく話ができた。スマイラーは自分の運命をなんとか冷静に受けとめようとしていたが、実際にそうできているとはいいがたかった。かれは絶望していた。

かれの妻であるジェニファー・ティロンは、目に見えて年をとりつつあった。イルミナ・コチストワは、メタバイオ変換能力を使って何度もジェニファーの細胞を組みかえたようだが、その効果も回を追うごとに薄れてきていた。奪われた細胞活性装置を見つけるか、かわりの装置を入手できなければ、ふたりの女性はまちがいなく近いうちに死を迎えることになるだろう。

彼女たちが助かる見こみは、かぎりなくゼロに近かった。そして一縷《いちる》の望みすらないことが、いまの状況をいっそう耐えがたいものにしていた。ローダンとかれの友たちは、ふたりの女性がゆっくりと、だが確実に死に向かうのを、なすすべもなくただ見ていることしかできなかった。

アトランも、あれから数ヵ月たったいまになっても、まだ昔のかれではなかった。バス＝テトのイルナの死を消化できずに、運命に不満を抱《いだ》いていた。かれが受けたショックは根深く、それが癒えるまでにいったいどのくらいの時間がかかるのか、ローダンにはまるで見当がつかなかった。

そしてペリー・ローダン自身もまた、いくつもの問題や心配ごとを抱えていた。

ゲシールのことが心配だった。彼女の運命が邪悪な敵に操られているのは明白だったが、その敵のことがまだつかめていないため、ローダンにはほとんどなすすべがなかった。

しかし敵のほうでは、ローダンの動きを逐一追うことができるようだった。少なくとも、ずいぶん前からそんな気配があった。敵がいま、こちらのことをどのくらい把握できているのかはわからない。だが数週間前にくらべれば、状況は改善されているはずだった。サトーが発見した細胞組織からの放射は、すでにローダンの近くからとりのぞかれているからだ。

シスタからカネラ星系のバイドラを経由して、コルピト星系のヴェンダーまで美術商人と身を偽って〝逃走〟したことも、一定の効果をもたらしたはずだ。この過程で、追っ手はほぼ確実に切りはなせたのではないかと思われた。しかし、不確実な点はまだ多く、疑問点も多数、残されたままだ。

医療センターに行くと、ノビー・シペボはすでに前日に退院していた。シペボ一家の住まいはそこからすぐだったので、ローダンは二度めの散歩を楽しむことにした。こんどは気にかかっていることをあれこれと考えるのはやめにして、ほぼ手つかずのままの自然に身をゆだねた。

十四歳の少年の母であるマーラ・シペボが、玄関口でかれを迎えた。ノビーの姉のユーハミは、なにかをもごもごと口にしたあと、家の奥へと姿を消した。

「ペリー・ローダンが歩いてくるなんて！」マーラ・シペボは笑い声をあげた。「ノビーの話に出てくるあなたは、いつだって宇宙船やハイパー遷移を使ったり、グッキーの力でクロノパルス壁を通りぬけたりしてるっていうのに」

ノビーは片足を引きずりながら、廊下をこちらへ向かって歩いてきた。ふたりは再会を心からよろこんだ。

ペリー・ローダンは自分のコンビネーションに手を差しいれ、一見すると巨大ないも虫を思わせるなにかをとりだした。その弾力性のあるからだは雪のように白く、四十センチメートルほどの長さがあり、数カ所に軽く縛ったようなへこみがあって、全体が少し内側に丸まっていた。

ふわふわとした毛におおわれたからだの上には、きらめくふたつの目を持ったいらな頭がついていた。まん丸の視覚センサーの内側は黒く、周囲にはオレンジ色の縁どりがあり、それらは本物の目のように、少年のほうをじっと見ていた。

その隣りには、白黒の縞《しま》模様の、からだには不似合いなほどの大きな耳が突きでていた。それらは前に向かってはっきりと湾曲しているせいで、まるで二本のマイクロ波探知機用のアンテナがついているようにも見えた。それ以外には、外見に目立った特徴はなかった。

「きみの新しい遊び相手だよ」と、テラナーはいった。「《オーディン》のスペシャリストたちが、知識と技術を総動員してつくってくれた。もちろん、オリファンとまったく同じというわけにはいかないが、性能で劣ることはないと思う。オリファンにできたことはぜんぶできるし、追加された機能もある。特にテラの歴史については、オリファンよりももっと詳しいはずだ。それはそうと、これをつくった人たちは、この遊び相手を〝ベティおばさん〟と名づけたらしい。ヘレイオスの少年には、女性のほうがふさわしいと思ったらしくてね。ベティおばさんといたら、もしかするときみのお姉さんのことも前よりもっとよくわかるようになるかもしれないぞ」

「ベティおばさん？　悪くないね。名前はそのままにしておくよ」ノビー・シペボは白いいも虫のような遊び相手を受けとった。かれの目はよろこびに輝いていた。だが姉についてのコメントには、なにも反応しなかった。「気にいったよ。ぼくらは親友になれそうだ。そう思わない、ベティおばさん？　あなたにお礼をいわなきゃ、どうもありがとう、ペリー！」

「わたしもあなたのことが気にいったわ」ベティおばさんの声はとても耳に心地よかった。彼女は二度宙がえりをし、マーラ・シペボをひとまわりすると、ふたたび少年の手のなかに戻った。

「それからこれも渡しておかなきゃな、ノビー」ローダンは、小さなモジュールがふたつ入った小箱を出した。「オリファンは、きみのお父さんに急を知らせることができた。そのことはお父さんから聞いているし、お父さんはほかにもオリファンについてたくさんのことを話してくれた。このベティおばさんも、警報を出すことができるんだ。この箱に入ってるのは、その受信機だ」

ノビーはもう一度お礼をいい、その小さなモジュールはかれの母親が受けとった。アーバン・シペボがこんど家に帰ってきたら、そのうちのひとつはかれに手わたされることになるだろう。

帰ろうとしてローダンがからだの向きを変えると、少年がかれを引きとめた。

「待って、待って！」と、ノビーは大声を出した。「ぼくが出したなぞなぞは？　答えはわかった？　ぼくらの共通点はなに？」

「正直にいうと」と、テラナーは微笑を浮かべて答えた。「考える時間が全然なかったんだ。でも、だれの助けを借りてもいいっていったのはきみだから、この手を使ってもきっと問題はないだろう」

「どういうこと？」と少年はいい、ベティおばさんをぬいぐるみのようにからだにぎゅっと押しつけた。

「彼女に訊くよ！」ペリー・ローダンはシントロニクスの友を指さした。「それとも、ノビー、きみから彼女に訊いてもらったほうがいいかもしれないな！　わたしはアンブッシュ・サトーときみのお父さんのところに行かなきゃならないんだ。なにか重要な決定がくだされてるかもしれないからね」

「もしベティおばさんにわからなかったら？」と、ノビーは訊いた。

「そのときはもう一度戻ってくるよ。でも、ベティおばさんがわたしをがっかりさせるとは思えないな」

「答えはかんたんよ」と、シントロニクスのいも虫はいった。「偶然にも、ノビー、あなたの苗字はペリー・ローダンの苗字と似ているわ。だからあなたは、自分のことをかれの〝後継者〟だといったのでしょう。〝ローダン《Rhodan》〟の綴《つづ》りをひと文字ずつうしろの文字に置きかえると、〝シペボ《Sipebo》〟になるものね。RはSに、HはIに、といったぐあいに。そうよね？　でも勘違いしちゃだめよ、ノビー。かれのようになるには、もう少し努力をして、うんと賢くならなきゃ」

「きみは本当に頭がいいんだな、ベティおばさん」少年は驚き、去っていくテラナーにうれしそうに手を振った。「オリファンには、このなぞなぞは解けなかったのに」

8 処刑

SM＝ロディガー実験の設備や実験室に隣接するアンブッシュ・サトーの仕事部屋には、張りつめた空気が漂っていた。超現実学者のほか、セッジ・ミドメイズとアーバン・シペボ、そのほかの三人のスペシャリストとペリー・ローダンがそこにいた。テラナーは到着したばかりで、フォラムの調査はいままさに重要な段階に差しかかろうとしているところだった。

かつての将軍候補生のショウダーは、自室に引きこもっていた。同族のからだが、技術と医学の両面から解剖されるようすを、もうこれ以上見ていたくなかったのだ。そのかわり、かれはひとりで記憶をたぐり、役にたつかもしれない重要な事実を見つけようとしていた。

シミュレーション・モデルを使った大がかりな実験に関与する必要がなくなったいま、ショウダーは、アノリーたちの話に出てきたアマゴルタという言葉について考えてみたいとサトーに告げていた。その言葉は、モトの真珠の記憶装置にもあった。そこにはなんらかの秘密が隠されているような気がしたし、ショウダーはなんとかしてそれを突きとめたかった。

複数の画面に、カンタロのフォラムと三体の医療ロボットがうつしだされていた。ドロイドは、上半身裸で手術台に横たわっていた。からだのあちこちに、調査を主導するロボットから出ている細い管がつなげられており、フォラムの健康状態は、それらを通してつねに監視されていた。

フォラムは部分麻酔をかけられ、からだは部分的に麻痺した状態だった。調べられている部位にフォラムが痛みを感じることはなく、もとより制限されていたからだの動きに関しても、いまはその範囲が広げられ、調査中に動くと本人に害が及びかねないすべての部位が、自由に動かせなくなっていた。これまでにショウダーのからだを徹底的に調べていなければ、マイクロ走査機やゾンデを使用する準備を整えるための、こうしたシンプルな医療措置をほどこすことすら不可能だっただろう。

フォラムの両側には、複雑な器具を抱えた二体のロボットが立っており、全体をコントロールしているもう一体のロボットが、その器具を使って実際の調査を行なった。ミニチュアゾンデを操作して、照射野を調整しながらフォラムのからだに入りこみ、そこからデータを取得し、体液の流れを測定し、神経路を明らかにした。

全体をおおうドーム形の高エネルギー・バリアは、赤褐色のほのかな光をはなっていた。危険が及ぶエリアは最小限にとどめたいというサトーの意図を受け、バリアは直径が四メートル弱、高さは三メートルほどしかなかった。

メインロボットの背後の床には、小型の金属の物体があった。収集したデータと情報を保存するための、データ記憶装置だ。そのまわりをおおうもうひとつのバリアは、ドーム形のものよりもさらに強い光をはなっていた。

メインロボットの背中には、スクリーンも搭載されていた。作業の重要な点はそこに説明つきでうつしだされるため、アンブッシュ・サトーのまわりで調査を見守るメンバーは、なにが行なわれているかをつねに把握することができた。しかし、背中の画像は粗く、あまりに大ざっぱで、しかも実際に目にできるのは、ほのかに光るエネルギー・バリアの外にあるカメラでロボットのスクリーンをとらえた画像だったので、非常に不鮮明でもあった。そのため、調査の進行中に画像を見ながら評価をしたり、新たな発見をしたりすることはできなかった。

なにごとも起きないままに四十分以上が経過するころには、張りつめていた空気も少しゆるんだ。メインロボットからバリアに包まれたデータ記憶装置へとデータが移されるのも、すでに五度めになっていた。セッジ・ミドメイズの目算がまちがっていなければ、心臓の突起の、下三分の一のデータは完全に取得できているはずだった。

三体の特殊ロボットは、休みなしに働きつづけた。取得したデータがドーム形のエネルギー・フィールドからとりだされる強制的な休憩がはじまる時刻は、あと数分に迫っていた。

フォラムに変化が起きた場合に備えて、画面には二分ごとにからだ全般のデータが差しこまれたが、そちらのほうにも異常はみられなかった。すべてが計画どおりに進行していた。

「この調子でいけば、難題が解けるぞ！」《シマロン》の首席船医が達成感もあらわにいった。

だがその瞬間、その言葉が魔法の呪文でもあったかのように、フォラムが動きはじめた。それは、部分麻酔でからだの一部が麻痺しているかれにとっては、不可能なはずの動きだった。その後の出来ごとは、ほんの数秒のあいだに立てつづけに起きた。だがそれらが起きたスピードは、さして重要ではなかった。外からでは、どのみちどうすることもできなかったからだ。

カンタロは、手術台の上で半分からだを起こした。ロボットは緊急プログラムにしたがって、フォラムを危険にさらしかねないゾンデや走査機を即座に除去した。しかしそれが終わると、ロボットはぱたりと動きをとめた。器具をとりはずしたあとにとるべき措置は、定められていなかったからだ。

「エネルギー・フィールドを消して、ようすを見にいきましょうか？」と、アーバン・

シペボがたずねた。

アンブッシュ・サトーは無言のまま、〝待て〟という手ぶりをした。

フォラムがなにかをいったようだが、エネルギー・フィールドの外からは、当然のことながら聞きとることはできなかった。かれの薄い唇のまわりに悲しげな笑みが浮かんだ。

その直後、あたり一面が激しい閃光に包まれた。轟音が響き、あっという間に炎があがった。突然の過大な負荷に、エネルギー・フィールド全体から獣の咆哮《ほうこう》のような音がした。エネルギー・フィールドはなんとか持ちこたえたが、その内側では、解きはなたれたエネルギーがたけり狂っているのが見えた。

数分後、エネルギーがいくらかおさまりを見せたとき、そこには形あるものはなにひとつ残っていなかった。フォラムも、三体の医療ロボットも、持ちこまれていた数々の装置も。厳重に保護されていたデータ記憶装置だけが、外見は無傷のままで、散らばった残骸のなかに残されていた。しかし、それをおおっていたバリアのほうは、激しい衝撃に耐えきれなかったらしく、ちらちらと控えめな光をはなったあとに、いっきに崩壊した。

アンブッシュ・サトーの周囲にいた男たちは、無言で顔を見あわせた。だれひとり、意味のある言葉を口にすることはできなかった。

「処刑だ」当惑を隠せないようすで、超現実学者がつぶやいた。

＊

データユニットはすみやかに運びだされた。その特殊な装置は、見た目だけでなく、中身も無事だった。準備に労力をかけた甲斐《かい》はあり、バリアのジェネレーターは、火がおさまるまでなんとか持ちこたえてくれたようだった。

フォラムのからだは跡形もなかった。ロボットも、再利用できそうなものはなにひとつ残っていなかった。狭い空間では過剰な圧力の逃げ場がなく、爆発は猛威をふるい、ほぼすべてのものを溶かしつくしていた。

アーバン・シペボが、運びだされたデータ記憶装置の中身をVA＝超シントロニクスに読みこませる準備をしているあいだに、三人のアノリーは、ドロイドたちにフォラムの死を伝えるという、つらく、困難な責務を果たすために部屋を出た。

ペリー・ローダンはこの過程をすべて間近で見ていたが、できることはなにもなかった。言葉を差しはさむことも、行動を起こすことも、なんらかの手助けをすることもできなかった。アンブッシュ・サトーはローダンに、シミュレーション・モデルにエラーがあるらしいことや、それに伴って発生した問題についても報告をした。しかし、フォラムの死の前では、いまだ未解決のそれらの問題も色あせて見えた。

超現実学者のチームメンバーは変わらず仕事をつづけていたが、ふたりめのカンタロの死は、かれらの働きぶりに大きな影を落としていた。サトーはかれらを鼓舞するために、この実験をつづけなくては、カンタロ全員がまもなく命を落とすことになるのだと訴えた。それを聞き、メンバーは仕事の意義をあらためて認識したようだった。ペリー・ローダンがサトーのあと押しをしたこともあり、チームにはふたたび士気が戻った。

デグルウムとガヴヴァルとシルバアトも、捕虜たちのもとから戻ってきた。フォラムの死を伝えても、ドロイドからはほぼなんの反応も返ってこなかったと、かれらは報告をした。そうした知らせをすでに予感していた気配もあり、こんな結果になったのは、進んで敵に協力したフォラムの自業自得だとも考えているようだった。いずれにせよ、死の責任は、ヴィッダーよりもむしろ亡《な》くなった本人にあると見ているようだが、今後の対話には、いまのところいっさい応じるつもりはないとの明確な意志表示もあった。

今回も代表して話をしたデグルウムは、かれらを無理に説得しようとはしなかった。かれらからふたたびある程度の理解を得られるようになるには、なにか新しい事実を提示する必要があるのはわかっていたからだ。

ペリー・ローダンは、ドロイドの死の直前に取得した最後のデータの読みとりがはじまると聞き、アンブッシュ・サトーとともに、VA＝超シントロニクスのコンタクト・コンソールへと足を向けた。ふたりの男がそこに着いたときには、アーバン・シペボはすべてを準備し終えていた。

ローダンはシペボに、一時間ほど前に息子のノビーを訪ね、〝ベティおばさん〟という新しいシントロニクスの遊び相手を届けたことを報告した。次に帰宅したときには、その警報システムの受信機を手わたされるだろうともいうと、仕事をしながら話を聞いていたシペボは短くうなずき、小声で簡潔にお礼を述べた。

「まずは、全データをシントロニクスに移します」と、スペシャリストは説明を開始した。「それが完了すると、主記憶装置からデータを呼びだし、評価することが可能になります。データは、シミュレーション・モデルBとCにも同時に流れ、その後はAにもデータ供給がはじまりますが、すでに明らかになっている理由から、受けいれは円滑には進まないだろうと思われます。ですから問題が起きたときのために、それを操作するための選択肢をいくつか用意しました。名前のとおり、VAにはどんな状況にもみずから適応する能力がありますが、今回は外部からデータを操作するための手段を設けてあります」

中央の画面には、現在の状況が次々とうつしだされていた。セッジ・ミドメイズとアンブッシュ・サトーは、心臓の突起の画像に文字どおり飛びついたが、ふたりの表情にはすぐに落胆の色があらわれた。

「ゾンデは内側までたどり着けなかったらしい」と、医師はいった。「周辺領域の情報しかありません。これでは不充分だ。いちばん重要なデータが欠けている」

「データはどこかにあるはずです」と、アーバン・シペボは主張した。「ゾンデは心筋の突起のなかに到達しています。チェックサムデータを算出しましたから、それは確かです。きっとエラーの影響でブロックされているのでしょう。落胆する必要はありません！ データはかならずどこかにあります！」

そのとき、VA＝超シントロニクスからシグナル音がした。

「新しいデータを、シミュレーション・モデルAに移行することはできません」と、シントロニクスは告げた。「移行中、二カ所で回路がブロックされているのを確認しました」

「これはいけるかもしれないぞ」と、アーバン・シペボは声をあげた。「この通知は手がかりになります。いまならエラーを見つけられるかもしれません。エラーは、新しいデータには別の反応を見せています。以前とはちがって答えが実に論理的だ。この調子でいろいろなことを試して、その都度論理的な答えが返ってくれば、最終的にどこにエラーがあるかも突きとめられるはずです。これは、われわれのチャンスですよ」

「どんなことを試すつもりです？」アンブッシュ・サトーはたずねた。

「いろいろな手段の用意があります」と、シペボは答えた。「温度を上下させたり、重力を除去したり、機械的な衝撃波を加えたり、回転による遠心力をかけたり、超音波や、そのほかにもいくつかの方法が試せます。ただし、すべて技術的なものばかりで、電磁的な手段は含まれません。基本フォームでもハイパーフォームでも、電磁的なアプローチはすでに試し終わっているからです。そのときはエラーの位置を特定するにはいたりませんでしたが、いまからもっと単純な方法を試してみます」

さまざまな手段が試された。VA＝超シントロニクスはモデルAの実験室で監視をし、物理的な現象が生じるとすぐに通知し、終了したときにもそれを伝えた。しかし、アーバン・シペボが期待したとおりのことは起こらなかった。死んだロディガーの有機的な断片と、シントロニクスの断片からつくりあげたモデルには、なんの反応も見られなかった。

シペボはバリエーションをつけ、同じ措置をくりかえした。こんどは強さのレベルも上げた。それでもモデルは、なんの反応も示さなかった。

そのかわり、別のことが起きた。

アーバン・シペボが左手首につけている多機能機器が、突然、鋭いシグナル音を発した。小さなディスプレイには、メッセージが光っていた。

サトーとローダンとミドメイズ医師は、腹立たしげに首を振るスペシャリストのほうを見た。

「前の監視装置の、警報受信機です」かれは早口で説明をした。「あのときみたいに、ノビーになにかあったときのための……でもその警報装置は爆発で粉々になって……」

シペボはセンサーボタンを見つけ、警報をとめた。

「メッセージの内容は?」ペリー・ローダンはシペボの手をつかみ、文字が読めるように自分のほうに向けてひねった。

「受信機にエラーが起きたという知らせに決まってますよ」スペシャリストは言いわけをするようにいった。実際そう思ったし、このタイミングで警報が鳴ったことが気まずくもあった。「送信機はもうないんですから」

テラナーは声に出してメッセージを読んだ。

「〝ノビーがきわめて高い温度で加熱されています!〟」

「〝ノビーがきわめて高い温度で加熱されています!〟」アーバン・シペボはあきれたように復唱すると、ペリー・ローダンの手をほどき、VA＝超シントロニクスのメイン画面を探して慌ただしくあたりを見まわした。

画面には、SM＝ロディガー＝Aは、外部から高温で加熱中であると表示されていた。加熱を制御している外部ユニットにも、同様の表示が出ていた。

「なんだこれは!」アーバン・シペボは大声を出した。「頭がおかしくなりそうだ」

シペボは外部装置のスイッチを切った。加熱は中断され、監視をしていたVA＝超シントロニクスも即座にそう通知した。シペボは、こんどは左の実験室の重力を中和した。

するとかれの手首でふたたび鋭い警報音が鳴りだし、別のメッセージがあらわれた。

〝ノビーは無重力状態にいます！〟

アーバン・シペボは頭を抱えた。それからすぐにすべてのスイッチを切りはじめたが、それがまだ終わりきらないうちから、こらえきれないように大声で笑いはじめた。男たちはなにが起きているのか見当もつかず、そのようすをただ茫然と静観していた。

「これは、われわれのミスだったんですよ」ふたたび落ちつきをとりもどすと、シペボはいった。「シントロニクスも気づけなかった、ごく単純なうっかりミスです。われわれは、爆発で散らばったロディガーの断片をぜんぶかき集めることを最優先にしました。ろくに考えもせずに、見つけたものはとにかくすべて実験室に運びこんでしまった。それがまちがいだったんです」

「わたしには、なんのことかさっぱりわからない」と、ペリー・ローダンが正直にいった。

「わからなくて当然です。ただ、このことに気づくきっかけを与えてくれたのはあなたなんですけどね」スペシャリストはふたたび笑った。「ロディガーの爆発では、天井も破壊されました。その破片はノビーとオリファンにあたり、エレクトロンの遊び相手は粉々になってしまった。それでも、まだ形のあったオリファンのかけらも少しはあって、爆発でできた穴から下に落ちたんでしょう。それが、SAMEの指示でロボットがフォラムの断片を集めた部屋にも紛れこんでいたんです。そして小さなシントロニクスのモジュールを見つけたロボットは、与えられたプログラムにしたがって、それらを死んだドロイドの一部と見なしたのです。でも、それらはオリファンのものだった。そしてわれわれのほうでも、集めた断片はすべてロディガーのものだと思いこんでいたため、VA＝超シントロニクスは、そのふたつのモジュールをモデルに統合したのです。準超現実コンポーネントが推奨し、医師や科学者たちもなにかが欠けていると推測をした場所に。おそらくは、完全に破壊されていた心臓の突起の部分を補うのにそれらが使われたのでしょう。そしてこのまちがいはほかのモデルにも受けつがれ、三体すべてにエラーが含まれることになり、われわれは行きづまってしまったというわけです。このことを突きとめられたのはフォラムのおかげです。問題の部分は、もちろんとりのぞかねばなりません。そうすれば、データはすべて受けいれられるでしょうし、評価も可能になるはずです」

「なんということだ」アンブッシュ・サトーがいった。「こんな単純なミスの前には、わたしの超現実学も役にたたない」

「準超現実シントロニクスもね」と、セッジ・ミドメイズがつけ足した。

「いずれにせよ」サトーはペリー・ローダンのほうを向いた。「もうデータは充分そろっています。それらを評価することができる状態にもなりました。カンタロの心臓の突起こそが、われわれが探している部分、オルトネーターだという推測は完全に裏づけられましたし、死のインパルスや生のインパルスに関するわたしの説も、実質確定したようなものだとわたしは見ています。確実な証拠はまだありませんが、それはさほど重要ではありません。SM＝ロディガー実験は成功です。これだけ有力な手がかりをつかめたのですから。すべてのデータを評価し終えたら、これからの計画にも役だつ多くのことが、もっと具体的に判明するでしょう。真実はすべて、この大量のデータのどこかにあるのです。あとはそれを探しだすだけです。

このオルトネーターに介入するのは危険です。フォラムの例でそのことははっきりしました。しかし、この悪魔のような臓器を、爆発を避けてどうにか除去する方法はあるはずです。答えは、データのどこかに隠されています。われわれは、かならずそれを見つけだしてみせます」

＊

実験セクターを出る前に、ペリー・ローダンはもう一度、アンブッシュ・サトーと話す機会を持った。超現実学者は、かつての将軍候補生であるショウダーから、ある提案をされていた。そしてそれを、ただちにローダンのもとに持ちこんだのだ。

「落ちついて、じっくりと考えてみました」と、カンタロはいった。「自分にはほかにどんな協力ができるのか、考えをめぐらせました。わたしには、″アマゴルタ″という言葉がどうしても気になるのです。その言葉は、アノリーたちが口にしていましたし、モトの真珠のデータにもありました。それを聞くと、なぜか心がざわつくのです。おそらく、訓練中に耳にしたことがあるのだと思います」

テラナーは注意深く耳を傾け、ショウダーに先をうながした。

「でも」と、ドロイドは話をつづけた。「その言葉についての記憶を、思いおこすことはできませんでした。それがだれに、あるいはなにに関係する言葉だったのか、わたしにはわかりません。しかし、それを知る方法ならわかります」

「興味深いな。ぜひ聞かせてくれ」と、ペリー・ローダンはいった。

「カンタロの情報システムが、銀河系に張りめぐらされているのはわかっています」と、ショウダーはいった。「そこにはきっと、アマゴルタに関する情報も含まれているはずです。だからアマゴルタについて知りたいのなら、そのシステムに照会をすればいいのです」

「ずいぶんかんたんそうに聞こえるな」ローダンは皮肉な笑い声をあげた。「だが、実際にはそうかんたんにはいかないはずだ。どうやって情報システムに照会をする？　それには相応の権限が必要だろう。おまけにカンタロがそんなことを許可するはずがない。とても現実的ではないな」

「わたしはそうは思いません」と、かつての将軍候補生は異を唱えた。「あなたの指摘は、一見正しいように思えます。ですが、方法はあるのです。わたしは、もよりの情報システムがある場所を知っています。われわれの言葉で、アンゲルマドンという基地惑星です。星図で距離を確かめましたが、ここからたったの一万光年ちょっとという近さです」

「では早速、あすにでも行って照会してみよう」ペリー・ローダンはからかうような口調でいった。ショウダーの提案を、いまだに実行不可能な絵空事だと思っているのは明らかだった。

「まずは最後まで聞いてください」ショウダーは冷静さを崩さなかった。「たいした問題もなくアンゲルマドンに行ける者を、わたしは少なくともひとり知っています。わたし自身です。わたしのシントロニクスのモジュールからは、将軍階級であることを示す放射があります。それに、カンタロにとって屈辱的な出来ごとが情報網で広く伝えられることはないので、惑星サンプソンの一件は、アンゲルマドンではほとんど知られていないと思います。わたしが、ロードの支配者の掟にそむく行動をしたために、すでに生きているはずのない将軍候補生だということは、おそらく気づかれないでしょう。突然の死に見まわれたはずのだれかがまだ生きているなど、想像もできないはずです。死のインパルスのメカニズムについて正確に知る者がアンゲルマドンにいたとしたら、なおさらです。それを受けたカンタロがまだ生きているなど、考えもしないはずです」

「確かに、きみのいうことにも一理あるかもしれないな」と、ローダンはいった。

「将軍として、わたしには情報システムに照会する権限があります」ショウダーは落ちついて話をつづけた。「わたしなら、問題なくアンゲルマドンに飛び、望む情報を手に入れ、またそこから姿を消すことができるのです。本物の将軍らしく見せるには、きっとひとりではないほうがいいでしょうが、どうかわたしを信用してください。リスクを負うのはわたしひとりです。こんな考え方をしているわたしは、同族の仲間にとって、絶対に受けいれがたい存在でしょうから」

「問題は、きみを信用できるかどうかではない」ペリー・ローダンは考えをめぐらせた。「きみの計画は単純すぎる。だがそのほうが、成功する確率は高いのかもしれないな。単純なものは、複雑なものより大きな作用をもたらすこともあるというのは、SM＝ロディガー実験で思いしらされたばかりだ」

宇宙船の調達は問題ないだろう。《ムルカダム》という、あのカンタロの繁殖船がまだ残っている……

ひとりかふたり同行者をつけて、そのうちのひとりは、目立たないように捕虜を装ってもいいかもしれない……

ペリー・ローダンの頭のなかで、ショウダーの大胆なくわだてがゆっくりと形になりつつあった。アマゴルタがなにかを、早急に突きとめなくてはならない。ゲシールのもとに導いてくれるかもしれないこの謎を解くために、なにか手を打たなくてはならない。

「いいだろう」ローダンは心を決めた。「だがまずは、抜かりなく準備を整えなくては」

アンゲルマドンの医師

アルント・エルマー

登場人物

ロワ・ダントン……………自由商人のリーダー。ローダンの息子
グッキー……………………ネズミ＝ビーバー
クサトゥル…………………カンタロの将軍。ショウダーの偽名
ゾクウン……………………同少佐。ヴァリオ＝５００の偽名
テバイ・ガルノダ…………惑星アンゲルマドンの医師。プロフォス人
ディルフェベール…………同物理学者。ブルー族のガタス人
アイシュポン………………同教育管理官。ナック
ザトロム……………………同基地指揮官。大佐。カンタロ
プフラコム…………………ザトロムの副官。カンタロ

1

通りを急ぐカンタロたちの影が目の前を横切っていく。早足のその流れは、テバイ・ガルノダが十二まで数えたときに唐突に切れた。あのカンタロたちは、数あるレジャー施設のどれかへと向かっているのだろう。おそらくは、ギャラクティカーのあいだで〝ディスコ〟と呼ばれる、例の直方体の建物へ。だがもちろん、それは正しい呼び名ではなかった。

あの建物がどんなつくりになっているのか、なかではなにが起きているのか、それを知るのはカンタロのみだ。カンタロ以外は立ちいりを禁じられていて、禁を破れば死刑だと脅されていた。

それにしても妙だな、とガルノダは思った。あの急ぎ方は尋常じゃない。きっとなにかが起きたにちがいない！

そう思った途端、答えを切望しているさまざまな問いがいっきに頭に押しよせてきた。カンタロ以外には知らされていない重要なことは山ほどあった。かれらに訊くことができさえすれば、そうした疑問は、たちどころに氷解するはずだった。

テバイ・ガルノダは口もとをゆがめた。ここに着任したばかりのころに、一度そうした疑問をぶつけたことがあった。するとカンタロたちは、かれをさんざん痛めつけ、かれのようなギャラクティカーには守るべき境界があることを暴力によって知らしめた。のちにあのときの状況をもっと理解できるようになったとき、八つ裂きにされなかっただけ自分は幸運だったのだとガルノダは胸をなでおろした。

あのときのカンタロたちは、〝ドラテイン〟に行く途中だったのだ。

ガルノダは、あの直方体の建物こそが、かれらのいう〝ドラテイン〟なのだろうと見当をつけていた。だがずいぶん前から、性急な結論は避ける癖がついていた。プロフォス人の論理やギャラクティカーの常識で、カンタロを測ることはできないからだ。

医師はゆっくりと動きはじめた。一・八五メートルのからだをできるだけ伸ばし、髪をうしろになでつけた。そして慎重に通りに頭を出すと、立ちならぶ建物を仔細《しさい》に見た。なにひとつ、動きはなかった。しかしだからといって、安全ともいいきれなかった。

次の瞬間、どこかの建物からカンタロが出てくるかもしれない。そして目でかれの姿をとらえるか、あるいは、体内のセンサーでかれがいることに気づくかもしれない。

それがドロイドたちの不気味さだった。体内にどんなモジュールを備えているのか、それでどんな能力を身につけているのか、外側からは決してわからない。

テバイ・ガルノダはミラーガラスのスイングドアを押し、周囲を警戒しながら、ヴェガ大通りに出た。ラバト＝キシュの通りには名前がないが、ギャラクティカーはその道をそう呼んでいた。かれはすぐに駆けだし、二十歩先の交差点に急いだ。いまのところ、まだだれにも気づかれてはいない。かれは用心のために、遠目にも医師だとわかる鮮やかな青のローブの上に、グレイのマントをはおっていた。この街の住民の多くがそうであるように、かれもまた、期間を決めた就労契約をかわしてここにきた労働者だった。自分がなぜそんな契約を受けいれたのか、ガルノダは自分でもよくわからなかった。上の決定で、あのころは四千人のプロフォス人とともに宇宙ステーションに押しこめられていたから、きっとあの狭さから逃げだしたい一心だったのだろう。だが、アンゲルマドンに住んでしばらくたち、この土地の事情がわかってくると、労働者としてきた自分はまだ運がよかったのだと思うようになった。奴隷としてここに連れてこられていたら、状況はいまよりもさらに悪かっただろう。

角を曲がると、ガルノダは安堵の息を吐いた。ここは街の南地区の、カンタロとギャラクティカーの両方が住むエリアだった。近道をするためと、行先を悟られないようにするために、かれは途中、短い区間ではあるが、カンタロとロボット以外は通行を禁じられている場所を通りぬけてきていた。そのエリアにいるところを見つかれば、死刑はまぬがれない。ガルノダは歩く速度をゆるめ、考えにふけっているようなふりをした。フェロル通りを歩いていると、何度もカンタロに出くわした。だがかれらは、まったくといっていいほどかれには注意をはらわなかった。そのうちの何人かは、こちらが道を譲らなければ、おそらくかれを突きとばしてでもまっすぐに歩きつづけただろう。カンタロにとって、かれは空気のようなものなのだ。ガルノダは唇をきつく結んで、かれらと同じことをした。カンタロたちには目もくれず、頭を高々と上げて歩きつづけた。

ヴェガ大通り。フェロル通り。

禁じられた区域との境をなす重要な通りが、なぜ仲間うちでそう呼ばれているかを知らないギャラクティカーはいなかった。そこにどんな思いがこめられているかも、ギャラクティカーには明白だった。どちらもソルから二十七光年しか離れていない、ヴェガ星系からとった名前だ。そしてそこには、ソル星系のそばにいたいという願いが、それも、できるだけすぐそばにいたいという願いがこめられていた。しかしそれらの通りは、アンゲルマドンのあるじであるカンタロと、ラバト＝キシュで働く者たちや奴隷たちとを分ける境界線でもあった。

ソル星系への思慕の象徴が、禁じられた区域を象徴するものと同一であるというのは、究極の皮肉としかいいようがなかった。全人類の故郷星系の支配者とカンタロとを同一視する、アンゲルマドンのギャラクティカーのものの見方をそのまま具現化したような命名だった。

だがガルノダは、そうした一般に浸透しているものの見方全般に疑いを持っていた。かれにはしごく正当な理由から秘密にしている、個人的な関心事があった。銀河系の歴史だ。特にここ七百年の歴史に、強い興味を持っていた。収集できた情報はまだそれほど多くはなかったが、それらのなかに、自身の疑いを裏づける、小さなパズルのピースをいくつか見つけることもできていた。

十一年前にプロフォスで、ペリー・ローダンは大カタストロフィのさいに命を落としたという情報を耳にした。のちに、恒星間の通信チャンネルを通して複数の惑星の記録を参照したときにも、同じ情報が見つかった。だがプロフォスで一般的に知られているのは別の話だった。プロフォスでは、ローダンの死因は自殺だと伝えられていた。NGZ四九〇年に、敵から逃げようとして、仲間とともに船ごとブラックホールに飛びこんだのだと。同じ話は、ここアンゲルマドンでも耳にした。テラナーの子孫の一部や、アコン人やブルー族も、そう聞かされていたようだった。しかしその一方で、ここで就労しているトプシダーやスプリンガーは、最初のヴァージョンしか知らなかった。

けれどテバイ・ガルノダ自身は、そのどちらも信じていなかった。そのため、ここに何カ所かある通信ステーションで働く者たちとのコネを使って、自分が抱いている疑問の答えを突きとめようとしていた。

十五分後にフェロル通りの端までくると、ガルノダは、四階建てアパートメントの金属製ドアの前で足をとめた。

「用件は?」ドアのシントロニクスがどなりつけるようにいった。この荒っぽい音声には、もうとっくに慣れっこになっていた。この自動装置はカンタロがつくったもので、発音は明瞭だが、ひどく不快な、耳ざわりな響きのインターコスモを話す。この声に嫌悪をおぼえないギャラクティカーはひとりとしていなかった。

「ディルフェベールのところに行きたい」と、かれは答えた。「在宅なのはわかっている」

「十分前に仕事から戻った。なかに入れ」

音もなくドアが開《ひら》いた。ガルノダがエントランスのシャフトに入ると、自動的に転送フィールドにとらえられ、最上階に運ばれた。住居のドアはすでに開いていて、なかから物理学者の声がした。

「入ってくれ、テバイ! すぐに飛んでくるだろうと思ったよ」

テバイ・ガルノダのうしろでドアが閉まった。グレイのマントを床に落として部屋に入ると、ディルフェベールはエアクッションにすわり、頭を揺らしながらくつろいでいた。ブルー族のガタス人はよくわからない鳥のさえずりのような挨拶をし、細い腕で布張りの安楽椅子を指さした。修復のさいに技術的な機能を追加した、二十二世紀の貴重なアンティークチェアだ。

「おくつろぎください、お客さま」と、椅子がいった。すでにその決まり文句を知っていたガルノダは、笑みを浮かべながら腰をおろした。

「では、はじめるとするか」ディルフェベールはそういうと、前にあるほうのふたつの目で、プロフォス人を射るように見た。

＊

テバイ・ガルノダはわし鼻で、顎に割れめのある鋭角的な顔だちをしていた。まっすぐな黒髪はうしろになでつけられているが、うなじのあたりには少しカールしている部分もある。両方の耳介《じかい》には、光をはなつシントロニクスの補聴器のパーツがはめこまれている。少年のころの事故が原因で聴力を失っているためで、当時のかれの教育担当者たちは、脳の手術を受けるより、補聴器を使ったほうがいいと判断したのだ。

あまり穏やかとはいえない顔つきだったが、目だけは例外だった。アーモンド色の柔和な目は、周囲で起きるすべてのことをとらえていた。いまはそこに、この部屋全体がうつしだされている。ブルー族の姿や部屋の調度がゆっくりと透明になり、乳白色のエネルギー・カーテンのうしろに消えていくさまを、ガルノダは目で追いかけた。ブルー族の折れそうなほど細い指には指輪がいくつもはめられていて、エネルギーはそれらを組みあわせることではなたれていた。

「これでじゃまは入らない」小鳥のような甲高《かんだか》い声で、ディルフェベールがいった。「きみの推測は正しかったよ。あの加工された通信の断片の出どころを突きとめたんだ。アリネットというシステムから発信されていた。ただし、そのシステムがどんなものかを知っている者はだれもいないし、こちらからアリネットに呼びかけることもできない」

ディルフェベールは造船所の通信ステーションに勤務していたが、そこで使われている通信システムは、技術的なエラーにより、部分的にではあるが宇宙港のハイパー通信とつながっていた。しかしそのことを知るのはこのブルー族だけで、周囲にはあらゆる手段を使って隠し通していた。カンタロが送受信している通信がときどき舞いこむこともあったが、かれらはその事実にはまったく気づいていない。物理学者はそうした通信のなかに、ごくありふれた内容だが、その裏に特殊なデコーダーを使わなければ見聞きできない情報が差しこまれているものがあるのに気づいた。しかも、アンゲルマドンのカンタロの通信設備にある技術的なエラーのおかげで、ディルフェベールが通常とは異なるコマンドの組みあわせをシントロンに入力すると、造船所の機器でそれらを聞くこともできた。聞いたあとは記録を消して、シントロンがそのことを記憶しないようにリセットすれば、だれに気づかれることもない。ディルフェベールはこれらのことを、本来の仕事と並行してこなしていたが、偶発的な発見によって生じたこの一連の作業のなかで、もっとも時間を要するのは履歴の消去の部分だった。

「それで、アリネットからはどんなことが発信されていたんだ？」テバイ・ガルノダは、期待で顔が熱くなるのを感じた。

「ペリー・ローダンは生きている。〝ヴィッダー〟の組織内のやりとりが聞こえたんだ！」

テバイ・ガルノダは音をたてて息を吐きだし、強い口調で確かめた。「まちがいないんだな？　ヴィッダーとアリネットか！　これがなにを意味しているかわかるか？」

ブルー族が答える必要はなかった。アンゲルマドンのギャラクティカーで、ヴィッダーがなにかを知らない者はいなかった。その抵抗組織のトップであるロムルスの名は、だれもが耳にしたことがあった。

「このことは絶対に口外しちゃだめだ。行動にも気をつける必要があるな」ガルノダは声を押しころしていった。「おかしな言動をして、どちらかが記憶解剖にかけられたら、アリネットの秘密が明るみに出てしまう！」

「造船所の通信機器と宇宙港とのあいだにある接続を、破壊しておくべきかもしれないな」と、ディルフェベールはいった。

「いまはまだだめだ。ほかにも確認したい大事なことがいくつかある」と、テバイ・ガルノダは小声でいった。「ソルに関する通信はあったか？　カンタロのもとで、混乱かなにかが起きたという情報は？」

「いや。特にない」

「ありがとう。じゃあ、スポーツセンターでまた会おう」

「ああ、いつものように、偶然にな、テバイ」

ブルー族は話をつづけた。月並みな日常の出来ごとを、その途中からいきなり話しはじめた。そうしているうちに、盗聴を防ぐためのエネルギー・フィールドが消えていき、ディルフェベールと部屋の調度がふたたび見えるようになった。

「それで、最近はどうしてる？」自分の話が終わるとブルー族はそうたずね、身につけている腕輪をまわした。秘密の協議のあいだ、その腕輪からは偽の会話が放射されていた。建物内のシントロニクスの監視設備には、そちらの会話が記録されているはずだった。

「あいかわらず患者の治療をしているよ。だけど、きみが最後にきてから新しく運ばれてきた患者はいないし、消えたギャラクティカーもいない」

「われわれにとっては朗報だな。じゃあ、また！」

ガルノダは立ちあがった。別れの挨拶をしてアパートメントを出ると、転送機にとらえられ、出入口まで運ばれた。建物のドアは、すぐに出ていけといわんばかりに、すでに口を開けて待っていた。

「カンタロのエリアには入るんじゃないぞ！」いつものように、背後からシントロンのどなり声がした。ガルノダは、実際にはとても口にできないような悪態をひとくおり頭に思いうかべてから、自宅のほうへと足を向けた。

たいらな屋根の連なりの上にチャチットが昇り、フェロル通りを照らしていた。その黄色い恒星を眺めると、プロフォス人の胸にはたちまち切なさがこみ上げた。まぶしさに目をしばたたかせ、ガルノダは、その後はかたくなに地面だけを見つめつづけた。

黄色い恒星。チャチットは、エウガウルやソルとあまりにも似ていた。これでは郷愁をおぼえないほうがおかしかった！

2

医療ロボットに連れられて、かれは手術室に入った。〝そこにある手術台に横になり、リラックスしてください〟と心地のよいシントロンの声が響いた。それまで内面の意志の強さを感じさせていたかれの表情ががらりと変わった。大きな笑みを浮かべ、身につけていたバスローブを勢いよくほうり投げると、反重力手術台の上にからだをかがめた。

「これは本当にわたしの体重に耐えられるのか？　怪我をして、これをストレッチャーがわりにどこかへ運ばれる羽目になるのはごめんだぞ」とかれがいうと、ユーモアをいっさい解さないシントロンからはこんな答えが返ってきた。

「この手術台は、あなたの体重に合わせてつくられています。寝心地もとても快適なはずです。上半身裸になっていただけますか？」

「ならないとだめか？」

「もちろんです。計画では、特に問題が発生しないかぎり、ロボットがのちほどあなたにサヴァイヴァル・コンビネーションを着せることになっています」

かれはシャツを頭から脱いで、体温と同程度に調節されたマットに腰をおろした。それから頭をうしろにもたせかけ、少しのあいだ目を閉じると、両手で無造作に赤茶の髪をなでながら、ため息をついた。

これから科学のいけにえになるってわけだ！ とかれは思った。しかもそれだけではない。かれは計画を成立させるための口実であり、情報の伝達者でもあるのだ。よくもこんなことを思いついたものだ。確実性は高いが、万が一失敗したときのリスクはひどく大きい。

「やあ！」と、声がした。目の前に、まばゆいばかりに白いネズミ＝ビーバーの一本牙《きば》があらわれた。音もなく入ってきたグッキーが、反重力手術台の頭側に立っていた。好奇心で目を輝かせ、寝ているかれをじっと見ている。「気分はどう？」

「気にしてもらえて光栄だよ、グッキー。最高の気分とはいえないけどね。準備のために、だるくて無気力になる薬剤を打たれてるんだ。ただわたしの場合は、細胞活性装置が作用の大部分を中和するから、影響はそれほど極端ではないよ」

「細胞活性装置をしばらくはずせば、その状態にも変化がみられるはずです」感じのよいシントロンの音声が上からいうと、グッキーはすかさず抗議した。

「これだけいろんなことが起きてるっていうのに、少しは配慮できないわけ？ よりによっていまそんな提案をするなんてさ」

シントロンは黙りこんだ。ネズミ＝ビーバーはふたたび視線を戻した。

「よけいな心配はしなくていいよ、マイクル！　細胞活性装置をとられないように、ぼくがちゃんと気をつけるから。それに、カンタロの保護下にいるあいだは、その危険はほとんどないさ。ライオンの穴にぼくらがいるとはだれも思わないだろうからね」

「正体がばれてしまえば話は別だが」ロワ・ダントンはあくびをした。

「そちらのほうは、わたしが充分注意します」と、ドアのほうから声がした。あまり抑揚のないその声は、カンタロのショウダーのものだった。ドロイドは、いくらかぎこちない動きで部屋を横切ると、手術台の足もとに立った。

「計画に、まちがいはないはずです」ショウダーは断言し、淡い色のふたつの階級章をつけたベージュのコンビネーションを、神経質な手つきで引っぱった。その階級章はかれが将官であることをあらわしていたが、階級を示すものはそれだけではなかった。かれ自身が語ったところによれば、ショウダーの体内のモジュールからは階級をあらわす放射があり、その放射も、かれが将軍階級にある将校であることを示しているとのことだった。捕虜として囚《とら》われているほかのカンタロたちにも、やはりそれぞれに階級をあらわす放射があった。

この放射によって、自分は確実に将軍として受けいれられるとショウダーは信じていたし、アンゲルマドンではサンプソンでの出来ごとは知られていないだろうとも考えていた。それに、もしサンプソンでのことが知られていたとしても、自分が死のインパルスでとうに死んだはずの将軍候補生だと気づかれることはありえないと主張した。そのうえでショウダーは、自分がアンゲルマドンに飛び、カンタロの情報システムから目的のアマゴルタの情報を手に入れて、またすぐにそこから姿を消す、という計画を持ちかけた。だが、アンゲルマドンに行くには相応の理由が必要になる。ペリー・ローダンは捕虜を口実に使うことを考え、ロワ・ダントンに捕虜役を打診した。かれなら、ローダン自身やブルやアトランやアダムスほどかんたんには正体に気づかれないだろうと判断したからだ。ロナルド・テケナーははじめから選択肢になかった。かれはいま、個人的にとてもつらい状況にある。それを承知で任務に送りだすのは、あまりにも酷に思えた。かれはイルミナ・コチストワといっしょに、妻であるジェニファー・ティロンのそばについていたが、ジェニファーは、テケナーが自分の細胞活性装置を彼女に貸しあたえることを、一貫して拒否しつづけていた。

ロワ・ダントンはすぐにローダンの打診を受けいれた。そしていま、そのための準備は重要な段階に差しかかろうとしていた。

「あなたの名前はマイケルソンです」と、ショウダーは言葉をつづけた。かれは流暢《りゅうちょう》とはいかないまでも、それなりのインターコスモを話せたが、かれらの言語であるカンタロ語を、ギャラクティカーが習得するのは不可能だった。動物が吠えるような音や、鳥の鳴き声のような音や、なにかを吐きだすような音など、ギャラクティカーには発音できない独特な音が含まれていたからだ。「それだけわかっていれば充分です。周囲でなにが起きているかはぜんぶ見聞きできますし、ものを考えることもできますが、それ以外はすべてグッキーにまかせることになりますから」

「そのとおり！」ネズミ＝ビーバーは得意げにいった。「ぼくにまかせておけば大丈夫！」

「そろそろ話はおしまいにしてください。さもないと、計画のスケジュールを維持することができません」医療ステーションのシントロンがいった。

「スケジュールが維持できるかどうかは、きみたち機械の仕事ぶりしだいだと思うけどね」と、ロワ・ダントンは小声でいうと、目を閉じた。「まあいい。はじめてくれ！」

グッキーはローダンの息子の額にほんの一瞬手をあててから、ショウダーといっしょに部屋を出た。

ロワを仮死状態にする処置の開始を告げる、シントロンの声がした。

＊

《チョチャダアル》は、上空五百キロメートルの周回軌道に浮かんでいた。捕獲した《ムルカダム》という名のカンタロの繁殖船を、ショウダーの指示のもとに改装して用意した船だった。四月なかばのその日、周回軌道からついに〝準備完了〟の知らせが届き、インターコスモで〝忠誠と服従〟という名のその船は、いまや出動するメンバーの到着を待つばかりとなっていた。メンバーはすでに、ヴィッダーの司令本部に到着していた。重要な任務におもむくかれらを見送るために、仲間たちもほぼ全員が姿を見せていた。その場に欠けていたのは、ロナルド・テケナーとジェニファー・ティロンとイルミナ・コチストワだけだった。ペリー・ローダンやレジナルド・ブルやアトランやホーマー・G・アダムスをはじめとする大勢が、ネズミ＝ビーバーとカンタロに任務の成功を祈った。ペリーはマイケルソンが横たわるケースに視線を向けた。透明な蓋の向こうには、からだに必要なものを供給するための生命維持システムにつながれた〝捕虜〟の姿があった。

「無事を祈る、マイク！」と、ペリーは息子に声をかけた。「おまえのことは、グッキーがしっかりと見ていてくれるだろう」それからこんどはイルトのほうを向いてたずねた。「四人めの男はどこだ？」

「まだ少佐の階級章をいろいろいじくってるよ」と、グッキーはのんきな声で答えた。

捕虜のカンタロのひとりが、シントロニクスで測定を受けていた。かれの階級モジュールからは、テラでの少佐に相当する佐官階級の放射があり、ショウダーの指導のもとに、それとまったく同じ放射をするモジュールが作成されていた。チームの四人めの男には、そのモジュールが組みこまれることになっていたのだ。

「よし」ホロラマのほうを見て、ローダンはいった。そこには、四人めの男はすでに周回軌道に向かっているとのメッセージが表示されていた。その直後にスペース＝ジェットと画像がつながり、全員がそちらを見ると、濃い色の目でこちらを注意深く観察しているカンタロの顔がうつしだされていた。

「こちらはゾクウン」と、かれはいった。「現在、目的地に向かっています。あと十五分弱で到着する予定です」

「そりゃあいい！」イルトが声をあげた。「ぼくも船に乗るのが待ちきれないよ。ふたりとも、準備はいい？」

ゾクウンとの画像の接続が切れた。グッキーは自分のセランを閉じ、ショウダーのからだをつかむと、いっしょに姿を消した。そして三十秒もたたないうちに、ふたたびこちらに戻ってきた。

「船内はすっかり準備が整ってるよ」とグッキーはいい、ケースのほうに身をかがめた。そしてそれを抱きかかえ、気持ちをできるだけ集中させると、ヘルメットのシールド越しにもはっきりと見てとれるほど、深く息を吸った。

「戻ってくるまでいっさいの接触は禁止だぞ」ホーマー・G・アダムスはネズミ＝ビーバーに釘をさした。

「わかってるよ、ホーマー！」

グッキーはケースとともに非実体化し、《チョチャダアル》の蘇生室のまんなかでふたたび姿をあらわした。ショウダーはケースを船のシステムに接続し、メド・システムの表示に異常がないことを確認してから、蘇生室を出た。そのあとは司令室に入ってスタートの準備をすると、船内の通信システムを使って、まだケースのそばにとどまっているグッキーに向かって語りかけた。

「これから、わたしはクサトゥル将軍です」と、かれはいった。「わたしの本名は、どんな状況においても口にしないでください」

「もちろんさ」と、イルトは答えた。「もう何日も前から、きみの名前はわかってるよ」

グッキーは蓋の閉じたケースの上に身をかがめ、ロワ・ダントンの顔を見た。くつろいだ表情で、目を閉じている。グッキーはしばらく自分の内側に耳をすますと、にやりと笑った。

「きみはどうしようもない楽天家だな、マイクル」と、それから甲高い声でいった。ダントンの表情は動かなかった。だがかれの脳は働いていて、グッキーは思考を読んだ。

〈楽観的じゃなきゃ前へは進めないからな。もしかすると最上級司令本部の正体かもしれないモノスやロードの支配者が相手ならなおさらだ。ブラック・スターロードは、本

当にかれらがつくったものなんだろうか、それともアノリーみたいに、かれらはただその恩恵を受けているだけなんだろうか?〉

「それはこれから突きとめられるさ」と、グッキーは声に出していった。

〈ああ、そうだな。それに、突きとめなきゃならないことはほかにもある。アマゴルタへの道も見つけなくては〉

「そうだね。きっと見つけられるよ、ロワ。でもぼくは、ちょっと出かけてこなきゃ。またすぐに戻ってくるけどね。ゾクウンが船に近づいてきてるんだ」

〈迎えにいくのか?〉

「そうだよ。じゃあね!」

イルトは消え、スペース=ジェットに姿をあらわすと、ゾクウンの腕をつかんで、《チョチャダアル》の司令室にいるショウダーのもとへ連れてきた。カンタロの将軍は横柄なしぐさで挨拶をすると、かれに下位システムの前の席をあてがった。

「質問は差しはさまずに、わたしの命令を実行してくれ」と、カンタロ語で将軍がいうと、シントロンがイルトのために翻訳をした。

「承知しました、将軍」と、ゾクウンもカンタロ語で答え、さまざまな機器の表示を確かめた。「最上級司令本部に仕え、あなたの命令を実行します」

だがそういい終わった途端、急にグッキーのほうを振りむくと、ゾクウンはあたりにとどろくような声で笑いはじめた。

「こりゃあ愉快だ。そう思いませんか、おちびさん」かれはさっきまでとは別人のような声で、流暢なテラ語を声高《こわだか》に話した。「モノスとロードの支配者にはっきりと宣言してやりましょうかね。わたしの名は、アンソン・アーガイリスだと！」

3

かれらは目に見えない磁気の通りに沿って、こちらのほうへ飛んできた。どうやら浮遊ベルトを着けているらしい。テバイ・ガルノダはコンテナのうしろにしゃがみ、できるだけからだを小さくした。かれらが熱探知機を使わないことを心から祈った。ここにいるのが見つかれば、別の場所に追いはらわれるか、悪くすればあっさりと消されてしまうかもしれない。

医師はあらゆる可能性を考えなくてはならなかった。かれらの精神構造はあまりにも異質で、どんな反応が返ってくるかを予測することはだれにもできない。これまで何人ものギャラクティカーが、気ままなカンタロの犠牲になってきた。

空中で弾道のようなカーブを描く磁気の通りを、かれらは浮かびながらおりてきていた。なんの前知識もなくそのようすを見た者は、かれらのことを、テラナーか人間の子孫だと思うにちがいない。ひとりが通信フィールドに向けてなにかを話した。すると、こちらとは逆の方角にある〝沈黙の広場〟の地面が開き、そこから黒い服を着た大勢の男女が外に出てきた。テバイ・ガルノダはそのなかに、何人かの同族がいるのに気づいた。かれらのやせほそった顔に浮かんだうつろな表情を見ると、ガルノダは胸に刺すような痛みをおぼえた。奴隷たちは開口部からさまざまな機器を運びだし、広場に置いた。なにかのテスト装置が組みたてられ、黒い服を着たうちのひとりがコントローラーを操作した。その瞬間、激しい爆音とともに炎が噴出した。炎は勢いよく吹きあがり、テスト装置の上に浮いていたカンタロのからだをかすめた。カンタロは甲高い叫び声をあげて地面に落下し、そのほかのカンタロたちもすぐに四方八方に散らばった。まわりは即座にきらめく火花のようなものに囲まれた。カンタロたちは明るいベージュのコンビネーションから武器をとりだし、奴隷たちに狙いを定めた。

「待ってください！」ガルノダはコンテナのうしろから広場に走りでた。「撃つ必要はないでしょう。いまのは技術的なエラーによるものです。奴隷たちのせいではありません！」ガルノダが腕を振りまわしながら奴隷たちのほうに近づくと、カンタロたちは地面におりて、奴隷とのあいだに壁をつくるように立ちはだかった。

爆発の炎がからだをかすめたカンタロが、最前列にいた。焦《こ》げたコンビネーションと腕のやけどをさっとなでたが、顔は無表情なままだった。

「医者がこんなところでなにをしている？」ドロイドがインターコスモでたずねた。

プロフォス人の頭に、一瞬スポーツセンターのイメージが浮かんだ。ディルフェベールに会うために、ガルノダはそこへ行く途中だった。

「散歩に行くところだったのです、兵士どの」ガルノダはカンタロがつけている軍の階級章を見ながらいった。「偶然通りかかって、いまの出来ごとを見たのです」

「この件をどう処理するか、おまえに口出しする権利はない」と、カンタロはいった。

「とっとと失せろ！」

ガルノダは従順に頭をさげた。

「わたしは医師です。すべての患者を分けへだてなく治療するのが仕事です。名前はテバイ・ガルノダといいます。いま起きたことはいったん忘れて、わたしに傷の手当てをさせてください！」

カンタロは怒号をあげ、かれに襲いかかった。プロフォス人はあわててうしろへさがったが、くるぶしまであるローブに足をとられ、バランスを崩して地面に倒れた。視界の隅に、かれに加勢しようと、カンタロを押しのけてこちらにこようとしている奴隷たちの姿が見えた。乱闘が起きた。ガルノダはカンタロに激しく殴られながらも、なぜかれらは撃たないのだろうといぶかしく思った。あのカンタロたちには、どこかおかしなところがあった。突然、かれを殴っていたカンタロが動きをとめて、目に怒りをたぎらせながら、ほかのカンタロたちのほうを見た。その目を見た瞬間、ガルノダは死ぬほどの恐怖をおぼえた。なにか決定的なことが起こりそうな予感があった。急いでからだを起こすと、ローブの裾《すそ》をまくりあげ、コンテナのほうに走った。奴隷の一団もかれにつづいた。かれらは安全な場所に身をかくし、カンタロたちを注視した。

「なぜ撃たない？」やけどをした兵士がカンタロ語でどなった。ドロイドの集団が携帯していた翻訳機のおかげで、内容はギャラクティカーにも理解ができた。

「われわれには撃てません」という答えが聞こえた。「理由はおわかりでしょう」

「そのようなことは断じて許せん。本隊の命令権を持つのはわたしだ。おまえらはこの責任を問われることになるぞ。絶対的な服従がわれわれの掟だ。命令に背くなど言語道断だ」

「われわれは宇宙からきました。《シュバンジャン》の乗員だったのです。前回の任務は、平和スピーカーの送信機を探すことでした。これでもう、おわかりでしょう？」

「わたしにはまったく理解できん。だが、それに関する情報はいろいろと耳にしている。なぜ最上級司令本部が宇宙航行の頻度を極端に減らし、兄弟姉妹をあちこちの基地惑星に集めたのか、だんだんとその理由が見えてきた。その平和スピーカーとやらが危険だからだ！」

「われわれは聞いたメッセージの内容を、真剣に考えようとしているのです、分隊長！」

「おまえら全員、死刑にしてやる！」

カンタロたちはそれには答えず、リーダーに背を向け、離れていった。分隊長はまるで幽霊にでも出くわしたかのように、あたりに視線をさまよわせた。どうすべきかを決めかねているのか、ホルスターのそばで落ちつきなく両手を動かしている。

隠れ場所から、テバイ・ガルノダはそのようすをとりつかれたようにじっと見ていた。アンゲルマドンに住むようになってから数年たつが、こんな光景はこれまで一度も見たことがなかった。

分隊長はついにホルスターから武器を抜き、いったんは同族の者に狙いをつけたが、結局は力まかせに投げすてた。武器は放物線を描くようにして遠くへ飛んだ。そして急にその場にかがみこんだかと思うと、かれの頭は一瞬のうちにふくれ上がった。大きな破裂音がし、地面に倒れたときには、カンタロのからだはすでに雲のようなもうもうとした煙に変わりはてていた。刺すような異臭があたりに広がり、居合わせた者は全員そこから逃げだした。グライダーの到着を告げる、歌うような音が空から聞こえていたが、だれひとりとしてそちらには注意をはらおうとしなかった。ガルノダは隣りにあらわれた無骨なアコン人に、突然腕をつかまれた。

「ありがとう、ガルノダ」声を押しころし、かれはインターコスモでいった。「命が助かったのはきみのおかげだ。この恩は忘れない。なにか助けが必要なときには、よろこんで協力させてもらうよ」

「たいしたことはしていない。気にしないでくれ」と、医師は小声で答えた。「きみの名前は？」

「エレク・テモス」

ふたりは急いでたがいから離れた。背後で何機ものグライダーが地面に向かって降下していた。奴隷たちと医師は牽引ビームにとらえられ、グライダーのほうへと引きよせられた。ロボットに包囲され、かれらは磁力枷《かせ》でグライダーのなかに拘束された。死んだカンタロやそのほかの兵士たちには見向きもせずに、グライダーは惑星の空に向けて勢いよく飛びたった。

＊

ザトロムに会うのは、ずいぶん久しぶりだった。アンゲルマドンの基地の指揮官は並はずれて大柄なカンタロで、二・一メートルはあるだろうとテバイ・ガルノダは見当をつけていた。輝くような青い目で、かれは入ってきたガルノダをじっと見ていた。隣りには、左右それぞれに三人の兵士が控えている。ザトロムの端末のすぐそばに立ち、放射フィールドの先を、いつでも発射できる状態にしてガルノダの腹に向けていた。プロフォス人はかすかに息をのみ、挨拶をするためにあわてて両のてのひらを合わせた。

「堅苦しい挨拶は不要だ！」と、指揮官の声がした。「男同士だろう。それに、おまえたちギャラクティカーとは、腹を割って話がしたい」

「わかりました」と、ガルノダはつぶやくようにいった。ザトロムが、かれの同族にとってだけの上官でないことは承知していた。かれは、ここで働くギャラクティカーにとっての上官でもある。少なくとも、就労契約が有効なうちは。ただし奴隷としてここにいる場合は話は別で、かれらの契約は死ぬまで終わることはない。

「Vira＝ZZT＝2267＝東で、なにが起きた？」ザトロムが威圧感のある口調でいった。プロフォス人は頭のなかを整理して、それが沈黙の広場のことであると気づいた。かれは順を追っていねいに、自分が見たこと、体験したことを報告した。ザトロムは熱心に耳を傾けているようには見えなかったが、視線はずっと医師だけに据えられていた。最初は気おくれしていたガルノダも、徐々に自信をとりもどした。グライダーで広場から連れだされたところで話を終えると、すぐそばに、突然フォーム・エネルギーの肘かけ椅子があらわれた。

「かけてくれ、ガルノダ！」カンタロの指揮官は肘かけ椅子を指すと、端末のうしろで、さらに深く椅子に身を沈ませた。「ここでの生活はどうだ？　契約には満足しているか？」

「はい、とても。自由に裁量できる余地を充分にいただいているので、ひとりひとりの患者に向きあいながら治療ができています。仕事面では、これ以上望むことはありません。生活環境にも満足しています。ただし、ここで就労中は、アンゲルマドンを離れて休暇をとることは許されないという一点を除けば、ですが」

「そのかわり、北半球にはおまえたちのためのホリデー・パークを用意してあるだろう？」

「ええ、確かに。ですが、わたしはどうしてここに呼ばれたのですか、ザトロム？」

「ひとつ、試してみたいことがあるのだ、医師よ。われわれの種族に病人が出ている。平和スピーカーのせいで、病んでしまった者がいるのだ。われわれの医師たちと協力して、そうした者のからだを調べ、おまえの見立てを聞かせてほしいのだ」

「よく、わかりません、ザトロム！」ガルノダの声ははっきりと震えていた。思いがけない提案にとまどっていた。「どうしてわたしに？　ほかにもギャラクティカーの医師はいるでしょう？」

「答えはかんたんだ、プロフォス人よ。それにこれは理にかなった選択でもある。おまえはVira＝ZZT＝2267＝東で起きたことを、その目でじかに見ているからだ。反論はあるか？」

「いいえ、もちろんありません。ただわたしは、自分の患者をないがしろにしたくないのです」

「そうならないことは保証しよう」

「では、まったく問題はありません。いつ、調べればいいのでしょう？」

「迎えを出すか、あるいは、なんらかの方法で通知する！」

カンタロの指揮官は立ちあがり、端末の上に身をかがめ、右手を差しだした。ガルノダはその手を握った。医師の予想に反して、その手は人間のように温かかった。

「人間はこうするものらしいからな」と、ザトロムが入室し、直立不動で敬礼をした。

副官のユニフォームを着た若いカンタロが入室し、直立不動で敬礼をした。

「指揮官、通信が入りました。《チョチャダアル》という船が、こちらの星系に近づいています」

「ありがとう、プフラコム。すぐに行く!」

鷹揚《おうよう》にうなずきながら、ザトロムは出ていくプロフォス人を見送った。テバイ・ガルノダは、顔には出さないように努めていたが、頭のなかでは、いまアンゲルマドンではいったいなにが起きているのかと、それればかり考えていた。

「ドロイドなど、地獄にのまれてしまえばいい!」ひとりになると、悪態が口をついて出た。ディルフェベールに会いたかった。こない自分を、かれはずっとスポーツセンターで待ちつづけていたにちがいなかった。

ペリー・ローダンは生きている。そうなると、ここ七百年の、いま知られている近年の史実はすべて疑わしくなってくる。そのことがずっと頭を離れなかった。しかもいまではもうひとつ、新たな問いまで加わった。カンタロをあれほど混乱させている平和スピーカーとは、なんなのだろうか。あるいは、だれなのだろうか。

4

恒星チャチットは、セリフォス星系のもっとも重要な惑星であるヘレイオスから、一万四百光年の距離にある。ソルに似たその黄色い恒星には惑星が五つあり、その二番めがアンゲルマドンだった。そして遠距離探知機で調べたところ、その基地惑星に関するクサトゥル将軍の知識にはまちがいがないことが裏づけられた。アンゲルマドンは地球に似た世界で、恒星から平均一億二千万キロメートルの軌道を公転している。軌道データによれば、この惑星の一年の長さは標準時で三百十三日、一日の長さは三十二時間三十一分。惑星の直径は一万千八百五十キロメートルで、表面重力は〇・八七Gだった。衛星は、アンゲルマドンにはなかった。

土着の知的生物もいないため、カンタロは自由に自分たちの基地を設立し、装備することができていた。

《チョチャダアル》は星系の端で減速し、カンタロの船が基地に近づくときの通常の手順を踏んだ。まずは有効なコードを送り、基地からの返信がくるのを待った。

クサトゥルことショウダーは、ネズミ＝ビーバーに合図をした。「やめてください」グッキーは共犯者めいた目くばせをすると、目を閉じて気持ちを集中させた。イルトの意図に気づいたカンタロは小声でいった。「超心理エネルギーはだめです！　それを使うのは緊急時だけにしてください！」

ため息をつきながら、イルトは歩きはじめた。司令室をあとにして、長い通廊を抜け、ゆっくりと船尾に向かった。そこにある機械類のあいだの、放出されたエネルギーがあふれているだけの場所に、ロボットはグッキーのための小部屋をしつらえていた。そこにつながるハッチは、一見しただけではわかりづらい場所にとりつけられていて、やはり目立たない場所にあるセンサーを作動させると、その前に据えつけられた機器ごと、スイングして開くようになっていた。イルトは反射的に頭をさげ、なかに入ってあたりを見た。今回の任務のためだけに用意されたと見えるカウチがひとつと、その反対側には、小型の冷蔵庫があった。隠し部屋の鍵を閉め、かれは早速冷蔵庫を調べはじめた。しかしドアは開かず、鍵もなく、ほかに開ける手段も見あたらない。

「そこに隠れてるのはだれ？」グッキーは低い声でつぶやいた。「うぬぼれるのもいいかげんにしてよ。こうすればぼくに気づかれないとでも思ったの？」

グッキーの頭にあったのは、もちろんレジナルド・ブルのことだった。だがこれだけの手間をかけて冷蔵庫をしっかりとロックするよりも、ブリーにはほかにいくらでもやるべきことがあるはずだった。

「開け、ゴマ！」と、どなりつけてもみたが、冷蔵庫からはなんの反応も返ってこなかった。

「グッキー！」

イルトは驚いて振りむき、ゾクウンのホログラムを見た。

「マイケルソンの目を開けるのを忘れていますよ。かれは耳と同じくらい、目も必要としているというのに。ここ数分、かれの思考に集中していなかったのではないですか？」

「うん。だけど、もう一回タンクをのぞいてみて、少佐。ロワは、いや、マイケルソンは、いまちょうど目を開けたところだと思うよ」

ホログラムが消えると、ネズミ＝ビーバーは、蘇生タンクのなかにいる不死者の思考に耳をすませた。

〈ありがとう、おちびさん。これでもう準備は完璧だ〉とマイクル・レジナルド・ローダンは思考した。

隠し部屋から、グッキーがダントンに話しかけることはできない。これからの会話はすべて一方通行で行なわれ、グッキーがロワ・ダントンの思考から、重要な情報を逐一読みとることになっていた。

すっきりしない気分のまま、イルトはカウチに身を沈ませた。いろいろな思考が頭のなかをめぐっていたが、特に気になるのはペリーのことだった。息子が危険な任務に就いているのはわかっているのに、詳しい状況はつかめない。その不安な日々を、父親はどんな思いで過ごすのだろう？　自分にマイクルをまかせておけば安心だと、ペリーはそう信じきっているのだろうか？

「ペリー！」思わず言葉が漏れた。グッキーはふいに気づいた。「あの冷蔵庫は……」稲妻のような速さでカウチをおりると、かれは冷蔵庫のドアの正面にすっくと立った。「ニンジン！」大きな声で、はっきりとそういってみた。

すると小型の冷蔵庫のドアは、音もたてずに勢いよく開いた。グッキーの目はみるみるうちに大きくなった。そこには、こちらに向けて神々しい光をはなつ、いくつかの包みがおさめられていた。

臆病なほどの慎重さでゆっくりと右手を伸ばすと、グッキーは包みに触れた。そして意を決し、ようやくそれらのひとつをとりだすと、はやる気持ちをおさえつつ、その貴重な品の匂いをかいだ。

それは、ニンジンだった。しかも人工培養の品ではなく、ヘレイオスの菜園で栽培された、かれの大好きな天然ものの、新鮮なニンジンだった。

イルトは満面の笑みで、冷蔵庫を見つめつづけた。

「ありがとう、ペリー」と、かれは小声でいった。「どうしてすぐにこのことに気づかなかったんだろう？　この任務は、絶対にうまくいきそうな気がしてきたよ！」

＊

カンタロの指揮官の陰鬱な顔が、ホログラム・スクリーンからゾクウンを見おろしていた。カンタロのマスクをつけたヴァリオ＝500は、相手のようすをうかがい、念のために敬礼をした。アンゲルマドンのカンタロはわずかにまぶたを動かし、それに応えた。

「こちらは戦闘艦《チョチャダアル》。これより着陸を開始します」と、ゾクウンは明瞭にいった。「戦闘任務を終え、クサトゥル将軍が基地惑星に入られます！」

相手の瞳孔《どうこう》が開いた気がしたが、繭《まゆ》マスクの目のうしろにある高感度レンズが誤作動を起こしたのだろうか。それともかれの瞳孔は、本当にこれほどはっきりと開いたのだろうか。

「クサトゥル将軍を歓迎する」と、カンタロは即答した。「快適な滞在になるよう全力をつくすと、上官に伝えるように」

「あなたはどなたですか？」と、ゾクウンは大胆にもたずねた。相手はかれの顔を食いいるように見た。

「下位の者に名乗る義務はない。将軍を出せ！」

ゾクウンはスクリーンを切りかえ、アンゲルマドンがクサトゥルの画像を受信できるようにした。

「クサトゥル将軍でいらっしゃいますね？」

「そうだ。基地指揮官よ、きみの階級は？」

「わたしはザトロム大佐です。わが基地へようこそ。こちらではすでにお迎えする準備が整っています。階級証明をお送りください！」

クサトゥルはことさらゆっくりとうなずき、将軍階級モジュールの放射がアンゲルマドンに確実に届くまで、しばらく待った。やがて指揮官は、敬意をこめて立ちあがった。

「どうぞこの基地をご自由にお使いください、将軍。訪問の目的をお訊きしてもよろしいでしょうか？」

「当船には捕虜を乗せている。わたしの艦で破壊した、ギャラクティカーの宇宙船の残骸から収容した者だ。重要な情報を持っていると思われるが、船が破壊されたさいに怪我を負い、それ以来ずっと生死の境をさまよっている。そこで、もよりのこの基地へ飛ぶことに決めたのだ。ここになら、テラナーの代謝に精通した医師や科学者がいるのではないかと思ってな」

「もちろんです、クサトゥル将軍。テラナーなのですね？　それも重要な。その者がヴィッダーのメンバーかどうかはわかっているのですか?」

「それはこれから突きとめる」

「当基地は全面的に協力いたします、将軍。誘導ビームを作動させましたので、それでアンゲルマドンの宇宙港までご案内します。宇宙港には、基地の職員がお迎えにあがります!」

クサトゥルは簡潔なしぐさで承知した旨を伝えると、ゾクウンに接続を切らせた。だが、カンタロの将軍を見つめるかれの表情は固く、そこにはなんの感情もあらわれていなかった。

「アンゲルマドンにいるあいだは、あまりわたしを引っぱり出さないようにしてください」と、ヴァリオ=500はいった。「時間をとって、じっくりと状況を探りたいのです。あらゆる機会を利用して、アンゲルマドンを見てまわらなくては」

「最初からなにもかも疑ってかかる必要はないと思うがな、ゾクウン」

「そういうわけではありません、将軍。しかしわたしには、すべてが順調すぎるように思えるのです。経験上、そういうときにはかならず、裏になにかあるものです」

「なにかというのは?」

「われわれの障害になるような、厄介ななにかです。たとえば、サンプソンでの出来ごとが、ここでも知られているということはないでしょうか?」

「ありえない！　なんの根拠があってそんなことをいう？」

「遠距離探知機を見てください！　この惑星の宇宙港は、船でいっぱいです。どうして出動していないのでしょう？」

「ヴァリオ、おまえはシントロニクスのロボットだが、ひとつ見落としている情報がある。平和スピーカーのメッセージのことを忘れているぞ。最上級司令本部はほとんどの船に、宇宙港への帰港を命じた。いま銀河を航行しているのは、ほとんどがロボット船だ」

「安心しました」と、ゾクウンはいった。「わたしが情報を見落とすことはありません。わたしはただ、あなた自身の口からそれが聞きたかったのです」

＊

カンタロの基地は、ラバトという名の赤道直下の大陸にあった。宇宙港への進入時に見たところでは、ラバトの内陸部には、砂漠のような荒涼とした土地が広がっているようだった。惑星の基地は、西海岸の赤道上に位置していた。海岸のそのあたりは、周囲を高い山々に半円形に囲まれており、そこから流れでている川が平地を縦方向に貫いているおかげで、豊かな植生に恵まれている。宇宙港のある街は、その青と緑の海のなかから顔をのぞかせていた。

《チョチャダアル》は誘導ビームにしたがって降下した。宇宙港は、一面が飛行体におおわれているせいで鏡のように光っており、複数ある周回軌道にも、たくさんの永遠の船がとめられていた。どうやらこの基地のカンタロで、現在惑星の外に滞在している者はひとりもいないようだった。

その後、基地との通信はもう行なわれていなかった。クサトゥルがゾクウンに、呼びかけがあっても応じないように指示を出していたからだ。そしていま、船が反重力クッションに穏やかに着陸し、弾《はず》むように軽く左右に揺れている時点になって、将軍は個人的に宇宙港との接続をつないだ。

「歓迎委員会はどこだ?」と、かれはマイクロフォン・フィールドに向かって大声を出した。「この世界には愚図どもしかいないのか?」

ホログラムが形成され、あわてふためくカンタロの顔があらわれた。

「いまそちらへ向かっているところです、将軍!」と、かれは早口で叫んだ。「残念ながら、着陸床には転送機の設備がないのです。グライダーはすでに出発していますので、すぐに見えてくるはずです。そちらの船の着陸時に発生した気流の渦を、迂回して飛ばなくてはならなかったもので」

「そんなことはいわれなくてもわかっている」クサトゥルは主制御スイッチを殴りつけるようにして、《チョチャダアル》の装置をオフにした。

ゾクウンも同様に、副装置のスイッチを完全に切った。

「捕虜を連れてきます」と副官はいい、メド・セクションのほうに姿を消した。前方にある船底エアロックまでケースを運んでくると、そこにはすでにクサトゥル将軍が待っていた。将軍は外に出て、宇宙港の敷地の隅におりたった。そこが、この宇宙港で《チョチャダアル》の着陸スペースを確保できた唯一の場所だった。かれは待機していた迎えのグライダーに乗りこみ、ゾクウンもケースを持ってそれにつづいた。ふたりのパイロットは計測器の表示を確かめてから、グライダーに飛びのった。

「ご要望があれば、なんなりとお申しつけください、将軍」パイロットは慌ただしい口調でいった。「ケースはうしろの荷物置き場にお願いします、少佐！」

ヴァリオ＝500の内側では、バイオプラズマ性のパーツが安堵の反応を示していた。たったいま、もっとも危険なハードルをクリアできたことがわかったからだ。宇宙船から送る階級のシンボルは偽造でも通るかもしれないが、グライダーに足を踏みいれるときの測定はもっと精度が高い。ふたりのからだの放射から再度階級の確認がとれたいま、到着したふたりが、本当に名乗ったとおりの者であるという報告は、ザトロムにも上がっているはずだった。

ゾクウンは宙に浮かぶケースをうしろに運び、自分からそう遠くない場所で安定させた。そのさいには、黄色い恒星の光がダントンの顔に直接あたり、かれの目を損なわないように注意した。捕虜はからだを自在に動かせる状態になく、目を開けたり閉じたりすることも、自力ではかなわないからだ。

グライダーがスタートすると、ほどなく、街のどの建物よりも高くそびえ立つ、ハイパー通信装置の塔のそばを通過した。

街いちばんの高さのものを建てるのは、ここではたいしてむずかしいことではなさそうだな、とヴァリオ＝500は思った。ラバト＝キシュという名のその街には、宇宙港の端にある施設を除けば、どこを見ても低い建物しかなかった。黄色い光の射す青い空に伸びる建物は、ほとんどが五階建て以下だった。グライダーは塔のうしろで、らせんを描きながら、ある広場に向かって降下した。整然と並んだたくさんの通りがその広場へと流れこみ、そこで終わりを迎えていた。ラバト＝キシュはすべての通りが直角に交わる、チェス盤の模様のような街だった。

グライダーが着陸したのは、平屋根の上に泡のようなこぶがたくさんついた、合理的なプレハブ工法でつくられた建物の前だった。こんどは歓迎委員会がすでに出迎えていた。それを見たふたりのパイロットがひそかに安堵の息をついたのに、ゾクウンは気づいた。クサトゥル将軍はグライダーを降り、待っている一団のほうへ近づくと、かれらの前で足をとめた。歓迎委員会のうちのひとりが前に進みでた。

「副官のプフラコムといいます」と、ドロイドは自己紹介をした。「指揮官から、滞在先へお連れするよういいつかっております、クサトゥル将軍。ゾクウン少佐も随伴されますか?」

「ゾクウンと捕虜は、わたしのすぐそばに滞在できるようにしてもらいたい」と、クサトゥルは答えた。

プフラコムはまぶたを伏せた。

「すでにそのように手配ずみです。どうぞこちらへ!」

5

男は新アルコン人だった。レジャー施設のそばを通りかかったテバイ・ガルノダの前に、突然姿をあらわした。ガルノダはからだをつかまれ、手近にあったドアのうしろに引きずりこまれた。

「静かに」と、かれはいった。「わたしはアルゴネン。ここならだれにも話を聞かれずにすむ」

「わたしになんの用だ?」ガルノダは内心、男から距離をとりながら訊いた。

「エレク・テモスに遣わされてきた」と、アルゴネンはささやくような声でいった。

「チャチットがオチノス湾に沈んだら、かれのグループがことを起こすってことを、あんたにも知っておいてほしいそうだ」

「それがわたしとなんの関係があるというんだ?」

「ついさっき着陸した、将軍の船を襲うらしい。この好機をみすみす逃す手はないと、エレク・テモスは考えたようだ。やつはあの船をわがものにできると信じてる。アンゲルマドンから逃げだそうとしてるんだよ！」

「奴隷が逃亡をはかるのか！」その声には感嘆がにじんでいるようにも聞こえたが、医師の顔は曇っていた。

「あのアコン人はあまり聡明とはいえないようだな」と、かれはいった。「いまのは内緒にしといてくれ。でも、これは伝えておいてくれないか。将軍が到着したことで、カンタロはいま総動員されている。いまは最悪のタイミングだと」

アルゴネンはため息をつき、胸をたたいた。

「わたしもそういったんだ、テバイ。でも、だれも信じようとしない」

「だが、わたしの言葉だといえば信じてもらえるかもしれない。逃亡など、無茶もいいところだ。特にいまは絶対にうまくいくわけがない。この街にいるギャラクティカーは三万五千人なのに対して、カンタロは十五万人常駐している。おまけに予想外の事態が起きて、いまアンゲルマドンにいるカンタロは、いつもより三万人も多いんだ。これじゃあなにをやっても成功しない。力ずくで船を乗っとろうとすれば、ドロイドを激昂させるだけだ。多くの仲間が命を落とすことになるぞ」

「まったく同感だ」と、アルゴネンはいった。かれはその場を離れ、テバイ・ガルノダもそのあとについて外に出た。

自分の服を身につけて、ガルノダは帰途についた。

自宅に帰ると、カンタロからの知らせがきていた。そこには行先が記されていたため、かれは手早く着替えをすませ、グライダーを呼んで家を出た。

ドロイドを待たせるのは、タブーだった。

*

回転式の手術台に横たわっているカンタロは、ぴくりとも動かなかった。目は天井を見つめ、ときどき、虫の羽音のようなかすかな機械音が聞こえたときだけ、まぶたがわずかに上下する。ドロイドは裸だった。腰のあたりと太ももだけが、緑の布でおおわれている。両腕は横に投げだされ、手首がプラスティックの器具で手術台に固定されていた。両足は、軽く折りまげられている。テバイ・ガルノダは、細く、どこか弱々しげなヒューマノイドの膝関節をじっと見た。

服を着ていないカンタロを見るのははじめてだった。頭は剃られており、頭皮には、銀色の面がのぞいているところが二カ所あった。それがなんなのか、ガルノダにはわかっていた。組みこまれているモジュールの外側の面だ。

モジュールの表面が見えている個所は、ドロイドのからだにもあった。うなじには、肌の下に光をはなつわずかなふくらみがあるのがわかったし、背中の目立つ場所と胸郭にも傷あとがいくつもあって、そこにインプラントが埋めこまれていることがうかがえた。左のすねは人工のものだ。おそらくは戦闘で怪我を負った結果なのだろう。顔はどこか不完全で、まるで彫刻家が、完成の一歩手前で大事な線を入れないまま放棄してしまった作品を見ているかのような印象を受けた。

鮮やかな青のユニフォームを着たカンタロが隣りに立ち、袖をまくりあげ、手術台の頭のほうにある容器に積みあげられた滅菌手袋に手を伸ばした。

「グルドハンだ」カンタロの医師が自己紹介をした。「おまえはガルノダ、プロフォス人だな?」

テバイ・ガルノダは横たわるカンタロに目を向けたまま、ぼんやりとうなずいた。

「この人は、沈黙の広間で命令にそむいたうちのひとりですか?」

「そうだ。記憶解剖を行なったが、なにもわからなかった。かれの脳にはときどき、精神の不安定さが認められたが、それを有機的に制御することはできなかったし、薬剤を投与しても効果はなかった。こちらへきてくれ!」

かれはガルノダを端末の前に連れてきて、ひとつひとつの機能を説明した。

「われわれは人間や人間の子孫についてはあまり知らないし、興味もない。ただ、なにが起きているかを把握するためのヒントがほしいんだ」

「わたしはなにをすればいいんでしょう?」

「この男をテラナーだと思って、からだを調べてみてくれ。奇妙に思える点があればぜんぶ記録して、われわれが調べた結果と比較して、意見を聞かせてくれないか」

プロフォス人は仕事にかかった。午後は休みをとっているため時間はあるが、おそらく終わるのは夜になるだろう。ガルノダは平静さを保つことを意識しながら、からだを調べはじめた。カンタロのからだをきちんと診《み》るのはこれがはじめてだったし、今後もこんな機会は二度と訪れないにちがいない。なにしろ、血液循環や、神経システムや、臓器の機能や、モジュールの位置もすべて含めた、カンタロの全身の情報が手に入るのだ。ただしモジュールそのものに関しては、かれの知識ではまったく歯が立たなかった。臓器の機能を補強するようなタイプのものでないかぎり、それらがなんのためにそこにあるのかさっぱりわからなかった。すべてを調べおえたときにはすでに九時間以上がたっており、外の街はもう夜のなかだった。エレク・テモスと、船を乗っとるというかれのもくろみのことが頭をよぎった。あの奴隷の男が自分の計画にあくまでも固執《こしゅう》するのなら、かれもまた、まもなく街の北地区にある医療セクターの手術台に横たわることになるだろう。

グルドハンは、ガルノダが仕事をしているあいだ、ほぼ身動きもせずにずっと部屋の隅に控えていたが、作業が終わったのを見て端末に近づき、結果を眺めた。

「これがなにを意味しているのか、説明してくれ！」と、かれはいった。

ガルノダは肩をすくめた。

「人間であれば、精神病質の一種と判断し、統合失調症の疑いを持って患者の治療にあたるでしょうね。ただ、それをカンタロにあてはめるとどういうことになるのかは、わたしにはわかりません。それでも、わたしの推測をお聞きになりますか？」

「いってみろ！」

「はっきりしたことは《シュバンジャン》の乗員全員を診てみなくてはわかりませんが、その船の乗員は、ほとんどが欠陥のあるシリーズなのではないかと思います。かれらがクローニングされた場所で、答えを探してみてはどうでしょう」

視界の隅でガルノダは、猛烈な勢いで突進してくる影をとらえた。反射的に横に飛びのいていなければ、きっと確実に命を落としていたにちがいない。カンタロは、人間ではありえない速さで補強材の一部をもぎとると、まるで槍を投げるようにしてそれをプロフォス人に向けてはなった。ガルノダはあわててからだの向きを変え、手術台を動かして、自分とグルドハンのあいだに置いた。カンタロは白目をむきだしにし、両手を猛《もう》禽《きん》のかぎ爪のようにして、思いきりこちらに伸ばしてきた。

「シリーズだと？」のどを鳴らしながらグルドハンがいった。「平和スピーカーがいったことを聞かなかったのか？　われわれを機械のようにいうな。われわれは生きているんだぞ」

「平和スピーカーとはなんですか。わたしはそれすら知らないんですよ！」

カンタロの口から言葉があふれはじめた。ガルノダはその話に聞きいった。抱いていた疑問のひとつが徐々に解け、いま起きていることが、すべてを変えてしまう可能性のあるなにかであることを理解した。平和スピーカーの影響で、カンタロには明らかに変化が起きつつあった。

そう思ったのと同時に、武器を持ったカンタロたちが部屋になだれこんできた。かれらはグルドハンをとりかこみ、どこかへ連れさった。だがそのうちのふたりはその場に残り、ガルノダにいっしょにくるよう合図をした。

「教育管理官はもう充分にごらんになった。こんどは管理官のところに行って、検死に立ちあえ」

＊

そこには、医師のユニフォームを着た八人のカンタロがいた。しかしだれひとりこちらには注意を向けず、ほんの少し横に移動して、かれのために場所をあけただけだった。かれらのあいだに立つと、オーラのようにかれらをとりまく異質な空気が伝わってきた。外見はほとんど人間のようだし、その気になれば、かれらは人間のようにもふるまえる。それでも、かれらからはっきりとした反応が引きだされる場面に行きあうと、途端に、自分たちとは別種の生きものであることが鮮明になる。

沈黙の広場で自分に詰めよったカンタロの残骸を見て、テバイ・ガルノダは寒気《さむけ》をおぼえた。頭蓋骨は跡形もなく、胴体にも、爆発による激しい損傷があった。

「このことが起きたとき、おまえはなにを見た？」上から問いかける声がした。見上げてもそこにはなにもなかったが、それが自分に向けられたものであるのははっきりしていた。ガルノダはザトロムに報告したことを、もう一度順を追ってくりかえした。姿の見えない質問者はしばらく沈黙し、それからもう一度口を開いた。

「それだけではまだ不充分だ。いまからそちらへ行く！」

カンタロたちは解剖台から後退し、背後にあるドアのひとつに視線を向けた。三十秒後、それが開いた。カンタロの序列のしきたりを何度も見てきたガルノダには、入ってきたのが教育管理官だとすぐにわかった。

教育管理官は、カンタロではなかった。装甲モジュールの反重力装置をあやつり、浮かびながら部屋のなかへと入ってきた。コルセットのようなものを身につけて、からだをまっすぐに保っている。なにかの切れ端のような頼りない四肢は、つやのある殻に包まれていて、頭部には音声視覚マスクをつけていた。ガルノダは恐れと好奇心の両方を感じながらその姿を眺めつづけた。わずかにのぞくからだの表面は、メタリックブルーに輝いていた。

教育管理官はナックだった。プロフォス人には予想外のことだった。アンゲルマドンにナックがいることは、ギャラクティカーには知られていなかったからだ。ナックは浮かびながらガルノダのほうにくると、かれの真正面で動きをとめた。

「知っていることは、すべて話したか？」と、ナックは訊いた。シントロニクスのマスクから聞こえる声は無機質で、まるで機械のようだった。

「はい」

「これは自殺だと思うか？」

自分の不注意な発言が、グルドハンに与えた影響を目《ま》のあたりにしたばかりのガルノダは、前よりも慎重に言葉を選びながら答えた。

「そう思います。わたしには、それ以外考えられません。カンタロのモジュールの作用について、わたしはなにひとつ知りませんから！」

教育管理官は、その場にいるカンタロのほうに向きなおった。

「これは、自殺ではない。シナウイによる死でもない。原因は、脳のシントロニクス部分の欠陥にある。つまり死因は、製作ミスというわけだ。検死は終わりにして、残骸は放射によって分解しておけ。どうやら医師の訓練には改良の余地がありそうだな。ガルノダを南地区へ連れもどせ！」

武装をしていないふたりのカンタロがあらわれ、プロフォス人を外に連れだした。グライダーに乗り、かれらはガルノダが住む自宅アパートメントの前でかれを降ろした。

近くの建物の隙間に、ディルフェベールだとはっきりとわかる影が見えたが、その影は微動だにしなかった。

乗降口の下で、ガルノダは振りかえった。

「あのナックは、いつからアンゲルマドンにいるのです?」と、カンタロにたずねた。

「まだそう長くはない。だが、すばらしい教育管理官だ」

「名前はなんというのですか?」

グライダーのドアはすでに閉まっていたが、返事を聞きとることはできた。

「アイシュポンだ!」

6

その建物は、プフラコムが北地区と呼んだところの中心部にあった。基地指揮官の副官は、その建物の最上階にある特別室へとクサトゥルを連れてきた。屋根の採光用ドームからたっぷりと光が差しこむために窓のない室内は、六つのメインルームと四つの付属室からなっていた。プフラコムは賓客を連れて部屋をひととおり案内したが、クサトゥル将軍と副官のゾクウンに不服はなかった。付属室のひとつに、情報システムへの呼びかけができる通信コネクタがあるのが見えたからだ。

「いい部屋だ」クサトゥルはいい、外にある浮遊通路へとつながるドアのほうを見た。「さがっていい。必要があれば呼びだしをかける」

「ご用があればなんなりとお申しつけください、将軍！」

プフラコムは敬礼をし、部屋を出た。出入口のドアが閉まると、将軍はすぐさま自分の副官のほうを振りかえった。

「捕虜の状態を見てくれ」と、将軍は指示をした。ゾクウンは身をかがめ、特別室の居間にあたると思われる部屋にケースを運んだ。クサトゥルの言葉をきっかけに、ヴァリオは早速仕事にかかった。ケースのなかのテラナーだけに注意を向けているように見せかけながら、シントロニクスのロボットは、周辺を探り、盗聴器が隠されていないかどうかをチェックした。ケースのまわりに盗聴器はないとわかると、ヴァリオは満足げにまぶたをおろした。

「捕虜の状態は申しぶんありません、将軍」と、かれはいった。「異常は認められませんでした！」

クサトゥルはケースに近づき、ゾクウンは入れかわりにその場を離れた。そのフロア全体を占める特別室のいちばん奥の部屋に行き、そこから順番に各部屋を入念にチェックしたあと、ケースを持ちこんだ部屋を最後にもう一度調べた。このフロアに、盗聴器はひとつもしかけられていなかった。

「問題ありません！」そういったときには、優に半時間はたっていた。「自由に話して大丈夫です」

「命令を与える！」それでもクサトゥルはどなるようにいい、特別室の出入口に走ると、外の浮遊通路をうかがった。しかし、そこにはだれもいなかった。ゾクウンはかれを落ちつかせた。たとえ特別室の外や換気装置のなかにマイクロゾンデが隠されていたとしても、ゾクウンがそれを見落とすことはなかった。

「少し気持ちが楽になったよ。どうやらきみは完璧なようだ」と正直に漏らすと、マイケルソンにも会話がよく聞こえるように、ケースのそばへと戻った。「すぐに仕事にとりかかろう。アンゲルマドンに滞在する期間は短いほうがいい。そのほうが、正体を見抜かれる危険も少なくなる」

「承知しました、将軍。それではまず、通信コネクタの操作をしっかりと把握することからはじめます。具体的なことは、それから考えましょう」

「わたしも同じことを考えていた。例のだれかも、予定どおりに、われわれの言葉をひとことも漏らさずに聞いていてくれているといいんだが」

＊

その〝例のだれか〟は腹立たしげにカウチから飛びおき、両方のこぶしを腰にあてた。だが戦闘用スーツを着ているせいでうまくいかずに、神経をなだめてくれるごちそうの入った冷蔵庫に自然と目が吸いよせられた。

「ひどいいわれようだよ」思わず愚痴がこぼれた。「どうやらなにをいおうが、ぼくにはなんにも見聞きできないと思ってるらしい。あの得《え》体《たい》のしれないカンタロときたら、思いあがるのもいいかげんにしろってんだ」

わざと大きな音をたてて息を吐きだすと、かれはまた柔らかなクッションに身を沈ませた。クサトゥルことショウダーのことで腹をたてたところで意味はない。カンタロの気分は、人工光が発見されたばかりの惑星にある送電線の電圧みたいに変わりやすいのだ。いまのところ、ドロイドの反応を正確に予測できた者はひとりもいない。

グッキーは目を閉じて、ふたたびロワ・ダントンの思考に集中し、それぞれにまったく異なるふたりのカンタロがかわしている会話から状況を推察した。

〈通信システムからの呼びだしです、とゾクウンがいった。クサトゥルはコネクタのところへ行き、それに応えた。相手はザトロムで、じゃますることを詫びたあと、午後にここを訪れたいと告げた。クサトゥルは、ていねいだけど有無《うむ》をいわせない口調で、時間はこちらが決めるといい、十六時ちょうどを指定した。接続は切れ、クサトゥルはケースのすぐ横にいるゾクウンのところに戻った。

グッキー、たったいま気づいたことがある。いまのところ、まだふたりの会話にのぼってはいないけど、カンタロが、基地惑星や、宇宙船のなかでまでテラの数字の表現を使うのはなぜだろう？　かれらはどうしてギャラクティカーのまねをするんだろう？　その理由を、わたしはいつか追求したいと思っている。最上級司令本部につながりそうな手がかりは、ほかにはほとんど見あたらないからね。ロードの支配者というのはいったい何者なんだろう？　いまは、ここでは特になにも起きていない。ゾクウンはどこかへ行ってしまった。多分通信システムを調べに行ったんだと思う。クサトゥルはこの部屋にとどまっている。

わたしも、ちょっと思考を切ることにするよ。でも、きみはそのまま耳をすませていてくれよ、おちびさん。いつなにが起きてもおかしくないし、場合によってはきみの介入が必要になるかもしれない〉

マイクル・ローダンの思考は明確さを失い、あやふやになった。きっとなにも考えないように懸命に努力しているのだろう。だがもちろん、人間にそんなことができるわけはない。グッキーは思わずにやりと笑った。ロワ・ダントンは、この件とは無関係な思考まで自分に読まれやしないかと不安がっているのかもしれない。

だが笑みがおさまると、ふいにため息が出た。カンタロは、銀河系種族の弾圧者としてふるまっているだけでなく、銀河系の種族を絶望に向かわせるような、ある種の人生観を広めてもいる。

なにがかれらをそうさせているのだろう？　なぜかれらは銀河系の状況をコントロールしようとするのだろう？　そしてその背後には、いったいだれがいるのだろう？

「ニンジン！」魔法の言葉を唱えると、冷蔵庫のドアがぱっと開いた。

イルトはなかのものをうっとりと眺めながら、自分自身と葛藤した。

「やっぱり、ニンジンはなしだ」そうつぶやくと、ドアはまたひとりでに閉じた。

ごちそうをたらふく食べて、陰鬱な思いをごまかしたところでなんにもならない。問題に立ちむかわずに、そこから逃げだすのと同じことだ。

＊

はたから見れば不気味な眺めなのだろう。ゾクウンは無意識のうちに自分が笑みを浮かべているのに気づいた。クサトゥルは、このための準備をはじめたときにすでに姿を消していた。どうやら自分が服を脱ぐところを、最後まで見ていられなかったらしい。ゾクウンのからだは弛緩《しかん》していた。ユニフォームは、肩の部分をドアのうしろにあるフックに引っかけてある。原始的なやり方だが、目的を果たすにはこれで充分だった。フックがドアからはずれでもして繭マスクが床に落ちれば、クサトゥルに頼んで、半有機性のこの物体をまたまっすぐにしてもらえばいい。

ヴァリオ＝500はユニフォームの前を開いた。胸毛のない裸の胸があらわになった。するとそのまんなかの、人間なら胸骨にあたる部分の肌に明るい赤の線があらわれ、みるみるうちに広がって、一本の縫い目に変化した。そしてしゅうっという小さな音とともにそれが裂けると、一滴の血を流すこともなくからだが開いた。

ほとんど気づかない程度の動きが一瞬、全身を貫き、テレスコープ型四肢を胴体にしまったヴァリオが、反重力を利用して裂けめから出てきた。探知ヘッドも、ネックチューブもろとも、楕円形の内側に引っこめられていた。卵のようになったシントロニクスのスーパーロボットは室内にすべりでて、ドアの前から通信コネクタのほうへと移動した。〝裸の〟ヴァリオは高さが半メートル、もっとも幅のある部分の直径は二十センチメートルで、卵形のからだの両端ははっきりとたいらになっていた。ロボットの内側は、もともとはシガ星人の科学者たちの設計によって、マイクロ工法でつくられたものだったが、つい最近ヴィッダーの手による装備の刷新が行なわれたさいに、テクノロジーは、かれらが持つ最新のものにアップデートされていた。

ロボットは、端末の上に浮かんだところで動きをとめた。テレスコープ状の二本の腕を出し、きわめて柔軟な小さな触手をその先端に形成した。同時に、卵の下半分の一部が開き、そこからは、硬質のチューブがすべりでた。

金属の触手でヴァリオは端末を探って開き、インターフェースを露出させた。短時間の調査のあと、適合する接触部が硬質のチューブの内部に形成されて、ロボットは端末につながった。

ヴァリオは細心の注意をはらって仕事を進めた。カンタロのコンピュータ技術もやはりシントロンの原理にもとづいていたが、銀河系のものよりもさらに進歩していて、驚くような発見がいくつもあった。ロボットは一時間近くかけてシステムをテストし、しかけられている罠やセキュリティ対策を調査した。シントロンのデータの動きには規則性がないため、一連の作業においてもっとも困難をきわめたのがこの部分だった。まだ惑星上から離れられなかったころの文明でもちいられていた古代のコンピュータとは対照的に、現代のシントロンには、メインメモリと大容量ストレージの区別がない。それらの区別があるポジトロニクスでは、そのおかげでデータの処理速度は上がったものの、処理の過程は煩雑《はんざつ》になっていた。しかし、ハイパーインポトロニクスやシントロニクスの原理においては、そのプロセスは完全に消滅している。内部では、あらゆる種類のデータが絶えず行き来していた。かつてはまったくの別ものだったプログラムとデータは、すばらしく調和しながら融合しているため、シントロンは、装備されているプログラムをみずから修正したり、アップデートしたりすることができた。さらに、そうした機能が作動すると問題が起きると思われる場合には、それを無効化するための措置もほどこされていた。修正やアップデートが行なわれる前に、まずは包括的なフィルタープログラムが実行され、シントロンの知識ベースが損なわれたり、ウイルスによって記憶装置がすべて破壊されたりするのを防ぐ仕組みになっていた。こうしたフィルターシステムは独立したシントロンのユニットでもあって、たとえば《シマロン》のような宇宙船には、メインシステムだけで八つのシントロニクスがあり、そのネットワークが船内の各セクターにある数百の小さなユニットと結びつく形になっている。

ヴァリオ＝500が前にしているのは、そのように構築されてはいるが、はるかに複雑な方法が適用されたシステムだった。ヴィッダーで使われているような銀河系のシステムを基準にすると、アンゲルマドンの通信システムは、惑星をとりまく百万ほどの接続部から成りたっているのだろうと考えてしまいがちだが、実際にはそうではなかった。プログラムシステムを時間をかけて探索し、動作中の領域を調べたところ、ラバト＝キシュの下位の接続部は、たったの数千しかないことがわかった。そして複数の産業施設にあるそれらは、さほど重要ではないたったひとつのシントロンによってコントロールされ、管理されていた。情報の大部分は、宇宙港と、ハイパー通信装置と、北地区の中心部以外には流れないように制限されているのだ。

つまり、かれらはいま権力の中枢部にあたる場所にいて、あらゆる種類の重要な情報にアクセスできるということになる。

ただし、すべての記憶装置にはログがあり、アクセスした場合にはかならずあとが残ってしまうし、少なくともふつうの端末からでは、それを消すこともできない。

一時間半ほどたったところで、ロボットはインターフェースから離れ、端末をきちんと閉じた。そしてふたたび疑似ヴァリアブル繭マスクのなかに戻ると、ドアのフックからからだをはずし、居間に向かった。そこではクサトゥルが、浮遊ウォーター・クッションにすわってかれのことを待っていた。

ふたりはケースのそばに移動した。

「ログの記録はどれもエネルギー・フィールドで囲まれていて、たがいに重なりあうようにして存在しています。いまはわたしの体内で、ログの記録を中断させ、あとを残さないようにするためのシステムをつくろうとしているところです」と、ゾクウンは報告をした。「それが完成したら、仕事にとりかかれます」

「よし」と、クサトゥルはいった。「ではわたしはそろそろ、作戦の第一段階にとりかかろう」

かれは立ちあがり、通信ユニットのある奥の部屋に行った。端末のスイッチを入れると、階級モジュールが自動的に測定され、すべてのプログラムへのアクセスが可能になった。

「ザトロムは、この基地にはテラナーの代謝に詳しい医師がいるといっていた。そのなかから、もっとも優秀な者をここに寄こしてほしい」

「もっとも優秀で、尊敬も集めているのは、プロフォス人のテバイ・ガルノダです。ここではよく知られている、人間の医師です」

やりとりは画像なしで行なわれていたため、クサトゥルはゾクウンを横目で見るリスクを冒すことができた。ヴァリオはカンタロのジェスチャーを使い、プロフォス人なら問題はないだろう、と答えを返した。

「そのプロフォス人と話がしたい」と、将軍はいった。「ザトロムの訪問が終わりしだい、ガルノダをここに寄こしてくれ！」

7

回診を終えて通廊に出ると、テバイ・ガルノダはすぐに、空中で物質化している赤い明滅灯に気がついた。管理部への呼びだしのサインだ。通廊を歩く足が速くなり、反射的にディルフェベールのことを考えた。北地区から戻ると、ブルー族のガタス人はひそかにかれを待っていた。ガルノダは合図を送り、少し間を置いてから自分のアパートメントにくるように、それまで言葉は発しないように、とかれに伝えた。部屋を訪れたディルフェベールに、平和スピーカーやカンタロについてわかったことをすべて報告すると、アリネットから送られてくる秘密の通信をさらに聞くために、ブルー族は職場に向かった。

ディルフェベールは、それを聞いているところをだれかに見られてしまったのだろうか。そして自分はこれから、かれの共謀者として逮捕されようとしているのだろうか。

出口で待ちかまえている三体のロボットを見て、テバイ・ガルノダは息をのんだ。ロボットのからだの前面には、かれらがＺＯＡに、つまり、中央《Zentrales》公安局《Ordnungsamt》に属していることをあらわす紫のマークがついていた。ZOAは、カンタロ以外をとりしまる警察だ。カンタロのための警察は存在しない。徹底的に組織された軍の階級制度のなかで生きるかれらには、警察は必要ないのだ。かれら自身が、かれらをとりしまる執行機関のようなものだった。

南地区のギャラクティカーの民事問題全般も、ZOAの管轄だった。

プロフォス人はロボットの前で足をとめ、出口のほうに落ちつかない視線を向けた。

「なんでしょう？」と、かれは訊いた。

「おまえを迎えにきた」と、三体いるうちのまんなかのロボットがいった。「ついてこい。われわれに面倒をかけさせるな。おまえはたったいまから、セキュリティ・レベル1の対象者だ」

テバイ・ガルノダは自制を保っていたが、まぶただけはそれまでより速く、引きつったような動きをするようになっていた。

「わたしには思いあたることはなにも……」と口を開いたが、ロボットはそれをさえぎり、さっきと同じ言葉をくりかえした。ガルノダはドアの上のシントロンに早口でいくつか指示を出し、両側に立ったロボットにはさまれる形で外に出た。グライダーに乗り、ZOAに到着すると、ロボットからある調整部局に連れていかれた。そこには、以前一度だけ見かけたことのあるカンタロが待っていた。

「プフラコム？」

「おまえをある場所に送るよういいつかっている」と、ドロイドはいった。「マントを開いて胸を出せ！」

ガルノダは無言でしたがった。プフラコムはユニフォームのジャケットから円形のバッジをとりだし、プロフォス人の胸に押しつけた。バッジはしっかりと吸いついた。

「それははずすことができるし、とるときの痛みもない」と、カンタロはいった。「だが、昼夜を通してからだにつけておいたほうがおまえ自身のためだ」

「どういうことですか？」

「いまからおまえは等級1の人間となる。そのバッジのシグナルは、どのカンタロにも、どのロボットにも受信できるし、そのシグナルがあれば、宇宙船を除くアンゲルマドンの全施設に自由に出入りができる。北地区にも、産業施設にも、宇宙港にも、ハイパー通信設備にも」

テバイ・ガルノダは信じられない思いでカンタロを見た。

「だけど、どうしてです？　いったいなにが起きたのですか？」エレク・テモスと、船を乗っとるというかれ計画のことが頭をよぎった。

「ザトロム大佐は、昏睡状態にあるテラナーの治療をおまえにまかせたいと考えている。クサトゥル将軍が連れてきた男で、将軍の捕虜だ。大佐はおまえという人間も、おまえのこれまでのことも承知している。ガルノダ、ザトロム大佐はおまえを信頼しているのだ。そのバッジはおまえへの褒美だ！」

「精一杯……努力させていただきます」ガルノダはようやくそれだけを口にした。「その前に、自宅に行ってもいいですか？」

「あとにしろ」プフラコムは有無をいわせぬ口調でいった。「こい！ ことは一刻を争うのだ」

プロフォス人は観念し、プフラコムにつづいて転送室に入った。

カンタロに逆らっても意味はない。逆らえば、プフラコムは力ずくで自分を目的地まで引っぱっていくにちがいなかった。

こうして尊大にふるまうカンタロが、ガルノダはどうしても好きになれなかった。ほかの生命体と同様に、ギャラクティカーにも尊厳があり、意思を尊重してほしいと思っているという事実を、かれらは完全に無視している。それどころか、ギャラクティカーなどはじめから存在していないかのようにふるまう場合も決して少なくなかった。

それがアンゲルマドンでの生活における、ひとつの側面だった。

また別の側面は、医療分野における協力で、ガルノダは日々それを体験している。

それから三つめの側面や四つめの側面、さらにまたそのほかの側面へとつづく。そうしたすべての要素がきわめて複雑に入りまじり、成りたっているのがギャラクティカーとカンタロの共同生活だった。カンタロのことは、精神構造も理解できなければ、からだにどんな機能が備わっているかもわからない。かれらがどんな反応を示すかも、予測することは不可能だった。

かれらとの共同生活は、つねに命の危険と背中合わせだった。

そのため、将軍のもとで働いてほしいといわれても、ガルノダは少しもよろこべなかった。きっとどれだけ言動に注意をしても、したりないにちがいなかった。

＊

ふたりの高官は居間に行き、ザトロム大佐がケースの上に身をかがめた。その間《かん》ゾクウンは、少し離れた場所で控えていた。

クサトゥルの階級証明という最初のハードルは越えた。そしていま、かれらはふたつめのハードルに直面していた。

「テラナーですね」基地の指揮官はいった。「外傷は見受けられませんが、怪我はなかったのですか？」

「ああ、怪我は負っていない。船のこの男がいた場所は、無傷だったのだ。通信の内容はかなり明確に聞きとれたのだが、この男は人間のなかでも特にいろいろな事情に通じた者だったと思われる。周囲に命令や指示を与えていたし、なにをするにもこの男の承認が必要とされていた。重要な人物なのはまちがいないし、ヴィッダーの幹部である可能性もある。はっきりしたことは、これからわかってくるだろう」

ザトロムは伸ばした両手を重ねあわせた。クサトゥルへの深い敬意を示すしぐさだった。

「ご要望は、中央シントロンを通して聞いております。すでに副官のプフラコムに、手はずをすべて整えるよう指示を出しました。ガルノダがZOAに連れられてきしだい、ここへ送る予定になっています。それから先は、どうされますか？」

ゾクウンはさりげなく距離を詰め、なにかあった場合に、ザトロムの戦闘力を封じこめるのに都合のいい位置を確保した。だが、かれやネズミ＝ビーバーの介入は必要なかった。クサトゥルは、同族に気づかれることなく、巧みに会話をコントロールした。

「まずはこの男について確実なことを知りたい。それがわかりしだい、最上級司令本部に連絡をとり、報告を作成する。そのさいにはもちろん、きみの協力についても言及するつもりだ」

「必要なことがあればいつでもお申しつけください、将軍！」

ザトロムはもう一度、ケースのなかの男をじっくりと眺めた。その姿勢がふたたびまっすぐになったのを見て、ゾクウンはかれを通すために横へ動いた。

「よろしければ、わたしはこれで失礼させていただきます。職務が待っておりますので。

アンゲルマドンはいま過密状態で、すべきことが山ほどあるのです。奴隷をコンテナハウスに住まわせるほど、住居が不足しておりまして」

「奴隷ならそれで満足すべきだろう、ザトロム。ガルノダの助けを借りて、はっきりとしたことが判明したら、ただちにきみを呼ぶことにしよう」

「ありがとうございます、クサトゥル将軍」

ザトロムは特別室をあとにした。かれの背後でドアが閉まると、ゾクウンはここにきたときの手順をくりかえし、マイクロ・スパイが隠されていないかどうか、すべての部屋をチェックした。しかし、ザトロムが残していったものはなにもなく、ゾクウンはクサトゥルに警戒を解くよう告げた。

「幸いにも、不審には思われなかったようですね。それに〝捕虜〟がだれなのかにも気づかなかったようです」

「今後も気づかれないままだといいが」と、将軍は小声でいった。「われわれにはまだ時間が必要だ。あとどのくらいかかる？」

「少なくとも一昼夜はかかります」と、ヴァリオ＝500はいった。「ログの遮断システムは夜までに完成しますが、それで障害がすべてとりのぞかれるわけではありません。重要な情報は、カンタロのシントロン・システムでも厳重に守られているはずです。専用のコードがわからなければ、情報の入手はむずかしいのではないかと思われます」

「おそらくそうだろうな」偽の将軍も同意した。

＊

プロフォス人は浮遊通路に立ったまま、入口の向こうをのぞきこんだ。フロア全体を占める特別室には、各部屋へとつづくドアが九つもあるのが見えた。それらはすべて開けはなたれていて、そのうちのひとつから、明らかに自分のことを呼ぶ声がした。

「入ってくれ、医師よ！　急いでくれ！」

ドアを越え、いちばん手前の部屋まで歩くと、快適に整えられた居間が目に飛びこんできた。室内には浮遊カウチと、空気と水をエネルギー・フィールドでひとつにまとめたクッションがいくつも浮かび、窓がひとつもないフロアのスクリーン壁のひとつには、川と、川辺の向こうに広がる豊かな植生という、実際の外の風景がうつしだされていた。チョルプ川がオチノス湾へと流れこむ河口は、ここから三キロメートルと離れていなかった。

部屋にはふたりのカンタロがいた。ひとりは、奥にある棺のようなケースのそばにいて、もうひとりは部屋のまんなかに立って、腕を振っていた。

「プロフォス人のテバイ・ガルノダだな。指揮官のザトロムにおまえのことを推薦された。さあ、急いでくれ！　わたしにはむだにできる時間はないのだ」

またしても、いつもの口調だった。プロフォス人が心の底から嫌悪している、傲慢で、いかなる反論も許さないこの口調。肩を落とし、気乗りがしないながらもマントを脱ごうと指を動かしながら、前に進んだ。クサトゥルの横を通りすぎ、ふたりめのカンタロとケースのほうに近づいた。プフラコムから大まかな説明を聞いていたため、ふたりめのドロイドはゾクウンという名の少佐で、将軍の副官を務めていることはわかっていた。

「このなかにいるのが捕虜ですか？」ガルノダはケースを指し、将軍を見た。表情に、こちらを探るような色が浮かんだ気がしたが、ただの錯覚だろうか。それとも将軍は、本当にこちらのようすをうかがっているのだろうか？

「そうだ。重要な情報を訊きだせるように、その男を昏睡から目ざめさせてほしい」

「わかりました。では、容体を診させていただきます。ですが、かれが今後もここにとどまることをお約束はできません。わたしのクリニックならば、必要な措置をほどこすための場所もありますし、機器もそろっています」

クサトゥルは鷹揚にほほえんでみせたが、口もとにははっきりと不満があらわれていた。

「その点は譲歩できない。この男がここにいるのが大前提だ、プロフォス人よ！」

反論をしても、医学的な根拠を持ちだしても無意味なことはわかっていた。ガルノダは運命を受けいれ、透明なケースを開いているゾクウンのほうにからだを向けた。横たわっている捕虜のからだを下から上に観察し、最後に開いたままの両目を見た。

「とりあえず、目は閉じさせなければ」といい、男の頭の上に身をかがめ、右腕を伸ばして指を広げた。

だがその途中で、からだが固まった。テバイ・ガルノダは、バランスを崩さないよう、もう片方の手でケースの縁をつかまなくてはならなかった。まばたきの回数が増え、唇が震えた。小さなうめきが漏れ、考えるより先に唇が動いて、ある名前を口にしていた。

「ロワ・ダントン！」大声で叫ぶようにいい、次の瞬間、ガルノダはあわてて口をふさいだ。振りかえると、背後にはぴったりと張りつくようにクサトゥルとゾクウンが立っていて、ドアへの通り道をさえぎっていた。

かれらはこれを待っていたのだ。少なくとも将軍には、そのようすが見てとれた。この医師は捕虜がだれなのかに気づくだろうと、かれらにはすでにわかっていたのだ。そして自分はあっさりとその罠に落ちてしまった。秘密にしていたことが、これで明るみに出てしまった。ＺＯＡのロボットが迎えにきたとき、クリニックで胃のあたりにおぼえたいやな感じが、あっという間に戻ってきた。

大カタストロフィが起きる以前の古い時代には、ロワ・ダントンは、ペリー・ローダンのそのほかの仲間たちと同様に、広く知られた人物だったにちがいない。しかしそのころからすでに、七百年近くの歳月が経過している。ダントンがまだ生きていたのなら、かれはその間、ずっと地下で過ごしていたことになる。

今日《こんにち》では、かれやほかの仲間たちのことを知っている者は皆無《かいむ》に近い。かれらが死にいたった理由には諸説あるが、いずれにせよ、かれらは死んだものと思われている。

しかしテバイ・ガルノダは、ロワ・ダントンがまだ生きていたことには驚かなかった。ローダンもまた死んではいないことが、すでに明らかになっていたからだ。

銀河系の歴史に興味を抱いていることは、しごく正当な理由から、これまでずっと隠しつづけてきた。だがその事実を知られてしまったいま、どんな結果が待ちうけているかは容易に想像できた。うかつにも捕虜の名前を口ばしった瞬間に、これまでこの世界で築いてきた信頼は粉々になってしまった。少なくとも、カンタロの敵ではないかという疑いは持たれるだろうし、場合によっては、さまざまな背景事情を知るヴィッダーではないかと勘繰られることになるかもしれない。

「確かに、この捕虜がだれなのかに気づきはしました」と、かれはいった。「ですが、これまでに会ったことは一度もありません。かれがどんなことをしたのかも知りません！」

ふたりのカンタロは、じっとその場に立っていた。ガルノダが先をつづけるのを待っているようだったが、かれにはもう話せることはなにもなかった。

ゾクウンはプロフォス人の隣りに立ち、ケースのなかを指した。

「この男がロワ・ダントンだというのは確かか?」

ガルノダは考えているふりをした。

「わたしはそう思います。でも他人の空似ということも、もちろんありうるでしょうし、自信はありません」

ゾクウンはクサトゥルのほうを向いた。プロフォス人は不安で胸が張りさけそうになりながら、かれが話しだすのを待った。

「言語を分析しました。ガルノダがカンタロと協力関係にないことは明らかです、将軍」それからかれは、ふたたび医師のほうを向いた。「ここでは自由に話してもらってかまいません。見ている者はだれもいないし、盗聴されてもいません。見た目はカンタロに見えるでしょうが、われわれは最上級司令本部のために働いているわけではありません。われわれは、ケースに横たわっている人物の敵ではないのです」

ガルノダはとまどった。なぜ将軍ではなく、ゾクウンが話をするのかがわからなかった。だがそのことについて考えているひまはなかった。ゾクウンはダントンのほうを指さした。

「では、指示を受けたとおりのことをしてください、テバイ・ガルノダ! 昏睡状態の捕虜を診て、目ざめさせるにはどうすればいいか、確かめてください!」

8

《チョチャダアル》の小さな隠し部屋にいるグッキーは、快適なカウチからとうに立ちあがっていた。セランのヘルメットを閉《し》め、目を閉じて、ロワ・ダントンの思考に耳をすませていた。そして、〝病人〟のほうでも同様に、自分の目や耳で見聞きしたことを、できるだけ迅速に伝える努力をしていた。

〈大丈夫だ、グッキー！　ガルノダは危険だとは思えない。とりあえず、即座に殺されずにすんでほっとしているようだ。このふたりのカンタロのことを、どう受けとめていいのか困惑しているみたいだが、なぜか心理的にひどく追いこまれているようにも見える。

　そのことにはゾクウンも気づいてる。落ちつかせるために、本来ならガルノダが知る必要のない事情まで話しはじめた。だけどわたしも、かれを安心させるには、真実を告げる以外にないと思う〉

「その見立てが正しいことを願うよ」とイルトはつぶやき、少し緊張をゆるめて、目を開けた。「待って、ロワ。まだ思考をとめちゃだめだ。あ、そうだった。こっちの声は聞こえないんだっけ」

〈わたしが思うに、ガルノダはあたりだ〉マイケルソンは思考をつづけた。〈まもなくことにかかれるだろう。かれはわれわれの味方だ〉

グッキーはさらに耳をすませた。思考を聞けば聞くほど、ロワの判断の正しさが裏づけられた。仮死状態でも、かれの人を見る目は少しも損なわれていなかった。それにガルノダはプロフォス人だ。つまり、テラの人類からの、直系の子孫ということになる。

「警戒態勢は解除だな」と、ネズミ＝ビーバーはいった。「もうこれで何度めだろう?」

そろそろまた食事をとろうか、とグッキーは思った。アンゲルマドンに着陸してからは、まだなにも食べていなかった。おまけに冷蔵庫には、魅惑的な芳香をはなつニンジンがおさめられている。そのかぐわしい香りは、ドアの外にまで漂ってきているように思われた。

それにグッキーには、絶対に避けたいことがひとつだけあった。なにが起きようが、冷蔵庫の中身を残したままで任務を終えるのは、どうしてもいやだった。戻ったあとで、あのレジナルド・ブルに、たとえ大食らい呼ばわりされることになったとしても。

＊

プロフォス人は、たったいまゾクウンが口にしたことを、自分なりに消化しようと努力していた。そしてそのあいだ、将軍のほうに何度も当惑した視線を向けた。将軍は黙りこんだまま、いまだにひとことも口をきいていなかった。クサトゥル将軍はその視線に気づき、苦しげな笑みを浮かべた。

「われわれにはあなたの協力が必要なのだ、ガルノダ。だからあなたには、この捕虜が、本当は捕虜などではないことを知る権利がある。ただしそれを知ってしまえば、あなたはわれわれの共謀者になる。だからカンタロからあなたを守るのはわれわれの役目だ」

「あなたがわたしを同族から守るというのですか、将軍？」

「そうだ。わたしとかれらとのあいだに共通点はほとんどない。わたしは上からの命令にはしたがっていないのだ。もしかすると戦略司令官は別かもしれないが、わが種族は、ひとりとして最上級司令本部がだれかを知らない。しかも上からの命令はまちがっている。わたしは最上級司令本部にあらがうための秘密の任務を負ってここにきているのだ」

「反逆者ということですか」テバイ・ガルノダは衝撃を受け、小声で漏らした。「上に逆らうカンタロがひとりでもいるなんて、夢にも思いませんでした！」

「ひとりではない。ふたりです！」と、ゾクウンが正した。「あなたの協力が必要なのです、テバイ。ことは急を要します。アンゲルマドンでのこの任務は、できるだけ早く終わらせなくてはならないのです。カンタロの将軍の数は決して多くはないし、好奇心に駆られたり、不審を抱いたりしただれかが、いつ情報システムに問いあわせないともかぎりません。そうなれば、クサトゥルという将軍が存在しないことが明るみに出て、なにもかもおしまいになってしまいます」

「わたしはあなたがたの味方です」プロフォス人は目に見えて安堵していた。「実をいうとわたしは、禁を犯して、銀河系の歴史を調べているのです。これまでにたくさんの矛盾する事実を見つけましたし、人類の歴史や、銀河系の全種族の歴史が捏造《ねつぞう》されていることもわかっています。ただし、その目的までは把握できていません。でもペリー・ローダンが生きていることは突きとめましたし、かれの息子のロワ・ダントンのことも、ひとめ見てすぐにわかりました。あなたがたは、アリネットについてはなにかご存じですか？」

「ヴィッダーとは協力関係にあるので、アリネットの機能については知っています。なぜそんなことを訊くのです？」

ゾクウンはガルノダに近づいた。カンタロの予測不能な反応のことがふたたび頭をよぎり、プロフォス人はあわてて、システムエラーのことや、そのエラーが原因で、アリネットが送っている秘密の通信を受信できていることを話した。

ゾクウンは即、クサトゥルのほうを振りかえった。「ロムルスに知らせなくては」と厳しい口調でいうと、ふたたびガルノダのほうに向きなおった。「そのエラーは、どんな手段をつかってでも排除しなくてはなりません。カンタロに気づかれて、悪用される前に」

ガルノダはそのエラーを発見した、ブルー族のディルフェベールについても話した。かれらふたり以外に、アンゲルマドンのギャラクティカーはだれもそのことを知らず、カンタロも、いまのところはエラーに気づいていないということも。

「カタストロフィが起きるのを防ぐには、システムエラーをとりのぞくしかないということですね」と、ガルノダはいった。「ブルー族に知らせておきます」

「近いうちに、かれに引きあわせてくれ」と、クサトゥルは求めた。

それから蓋が開いたままのケースに近づき、ロワ・ダントンの顔を見た。

「思考のパートナーに警戒を解くよう伝えてください、マイケルソン。かれはわれわれの協力者です」

ガルノダはクサトゥルの隣りに立った。横たわるダントンをもう一度見ると、光るものがあるのが目についた。ダントンの胸には、アーチ形のふくらみがあった。細胞活性装置だ。あらゆる願望をかなえてくれる、夢の機器だ。

それでも、条件つきの不死には付随する問題があることを知らなかったとしたら、ガルノダは医師としては失格だ。とりわけいまのような状況では、不死が脅かされる可能性は特に大きい。細胞活性装置は、身につけている者を、カンタロの恣意的な攻撃から守ってはくれないからだ。

「では、マイケルソンを昏睡から目ざめさせてみようと思います」と、かれはいった。

「どのくらい時間をかけられるのでしょうか？」

「せいぜい二、三時間です。それまでに、仮死状態から蘇生させてください」と、ゾクウンは答えた。「目ざめれば尋問しないわけにはいかなくなりますが、そのような状況は避けなくてはなりません。ロワには、カンタロの注意をここからそらす役割を担ってもらう予定なのです。記憶がないながらも、精神や運動能力には影響のない状態をつくり出すことはできますか？」

「方法はいくつかあります。もっともかんたんなのは、薬を投与することです。希望どおりの記憶喪失状態にできますが、かれの場合は完全に記憶をなくすことはないでしょう。毒は、細胞活性装置によって中和されますから。

でもまずは、かれを昏睡状態にした目的を教えてもらえないでしょうか。カンタロの注意をそらすといっていましたが、あなたがたはアンゲルマドンでなにをしようとしているのか、それを聞かせてもらうわけにはいきませんか、ゾクウン？」

「それは、聞かないほうがいいでしょう」と、副官はいった。「そのほうがあなたのためです。それでなくても充分危険だというのに」

「わかりました。それでもかまいません。わたしにできることなら、なんでも協力させてもらいます！」

ガルノダがいなくなると、ゾクウンはクサトゥルのほうにからだを向けた。

「あなたも気づいているでしょうが、システムエラーが原因で通信が届くなどありえません」

クサトゥルは、カンタロのしぐさで同意を示した。

「アリネットの通信は、専用の機器がなければ受信できない」と、かれはいった。「だがそんなものは、アンゲルマドンにはない」

「そのとおりです」と、ゾクウンはいった。

「どんな可能性が考えられるでしょうか？」

「妨害工作。裏切り者がいるのだろう」

「わたしもそう思います。ですが幸いにも、その裏切り者は素人です。自分のしていることがきちんと理解できていません。そうでなければ、ディルフェベールだけでなく、カンタロもそれを受信できたはずです」

「ヘレイオスに警戒を呼びかけなくては」

「ここからでは無理です」ゾクウンは却下した。

「それにはアンゲルマドンですべきことをできるだけ早く終わらせて、ヘレイオスに戻るしか方法はありません」

「確かに、きみのいうとおりだな」と、クサトゥルは応じた。

9

そこにいたのは、女ふたりと男ひとりの三人連れだった。カンタロの家庭で働くギャラクティカーであることを示す白いローブを身につけていて、いくつか品物をのせた反重力プレートを操作しながら歩いていた。通りの先に、まだ年若い印象の人影がすわりこんでいるのに気づくと、かれらはそちらに近づき、足をとめた。女ふたりはプレートの前に出て、その男のほうに腰をかがめた。

「同族だわ、フレミング」ふたりは同時に声をあげた。「テラナーよ。ねえ、あなた、立って！　どこからきたの？　これまで見かけたことがないけど、アンゲルマドンにきたばかりなの？」

かれは少し背筋を伸ばしたが、その目はふたりの背後のどこかをぼんやりと見つめたままだった。

「アンゲルマドン？」間のびした発音で、かれはいった。「それって、ここのこと？　アンゲルマドンってなに？」

ふたりの連れの男が笑い声をあげた。「多分、意味がわかってないよ。見ろよ、クリニックの患者用の、水色のマントを着てるじゃないか」

ふたりの女は少しのあいだ迷っていたが、結局は見知らぬ男の腕をつかんで立たせ、プレートまで連れていき、その上に乗せた。

「お名前は？　テラナーさん」

「マイケルソン。それはちゃんとわかってるんだ。壊れた宇宙船からきたマイケルソンだよ！」

三人は、食いいるようにかれを見た。

「記憶をなくしてるのか！　そうにちがいない。なにも覚えていないんだな」とフレミングはいい、夕暮れの薄闇のなかで相手の表情をよく見ようと、病人の真正面に顔を突きだした。するとほぼ同時に、照明をつかさどる街のシントロニクスが反応し、街灯がともった。建物の外壁が黄グリーンに染まり、街の隅という隅が照らしだされた。通りのプラストコーティングに奇妙な形の影ができ、マイケルソンはせわしなくあたりを見まわした。かれの目が大きく見開かれた。

「これはなに？　ここはどこ？」

「ここはラバト＝キシュだ。そういう名前の街で、基地でもある」フレミングは顎をさすった。

「アンテガ、ミルナ、この件は、われわれのあるじにまかせたほうがいいんじゃないかな。マイケルソンは記憶解剖を受けるべきだよ。どう思う？」

「ばかいわないで、フレミング！　どうかしてるわ」

　男はにやりと笑った。

「冗談だよ！　ちょっとふざけてみただけじゃないか。それに、かれにはなんのことか絶対わかってないさ！」

「冗談ってなに？」マイケルソンは小声でたずねた。「それから、あるじっていうのは？　きみたちはだれなの？」

「われわれは、きみと同じテラナーだ。以前はアンピトリュオンにあった宇宙ハンザの商館の一員だった。カンタロの攻撃で商館は破壊されてしまったけど、われわれを含めた何人かは生きのびたんだ」

「カンタロ。そうだ！」テラナーが大声を出した。肘を曲げ、ゆったりとしたマントを脱ごうと、不器用に手を動かしている。

「お腹がすいた！」と、かれはいった。

　フレミングは反重力プレートを動かし、通りの向かい側にある、狭い脇道の突きあたりに立つ建物に向けてそれを操作した。

「のどが渇いた！」マイケルソンがふたたび口を開いた。動かないかれを乗せたまま、プレートは建物のなかに入った。女性ふたりがかれを降ろし、自動キッチンと思われる部屋まで案内すると、壁のハッチの前にすわらせた。

「あの時計が二十一時になるまで待って」と、アンテガがかれの左側でいった。「そのあとで欲しいものをいえば、このハッチが開いてそれを届けてくれるから。だけどそのときには、あなたがテラナーだっていい添えるのも忘れないでね」

「わかった」マイケルソンはつぶやくようにいって、焦点の合わない目をハッチに向けた。

三人の使用人はキッチンから出ていった。マイケルソンはその場でじっとしていたが、しばらくすると、ハッチの前に軽く身を乗りだした。それから慎重に頭を動かし、あたりを見まわしはじめた。まずは天井と壁を見て、次に室内をくまなく観察すると、ふらつきながら立ちあがり、夢遊病者のように部屋のなかをさまよった。そうしながら監視メカニズムが隠されていないかどうかをチェックしていることは、その目にもしぐさにもあらわさなかった。そしてそのあとはまた、ハッチの前に戻った。外から物音が聞こえた。壁の時計の光る数字は、二十一時を示していた。

「お腹がすいた！」かれはまわらない舌でいった。「テラナーはお腹がすいた！」

「ご要望が理解できません。そのような料理はわたしのプログラムにはありません」ハッチが答えた。「なにをご用意しますか？」

「水！」

「のどが渇いた！」マイケルソンはため息をついた。

「承知しました。水は知っています」

どこかで小さなざわめきのような音がした。それからハッチが開き、宙に浮かぶ小さな反重力クッションがコップをのせて外に出てきた。マイケルソンはそれをうまくつかめずに半分ほどこぼしてしまい、あわててコップを唇に近づけ、残りをいっきに飲みほした。コップはほうり投げるようにして、またハッチに戻した。

「お腹がすいた！」かれはうめくようにいった。「のどが渇いた！」

背後に起きた空気の動きで、だれかが部屋に入ってきたのがわかった。静かな足音から判断するに、それはフレミングでも、ふたりの女性のどちらかでもなさそうだった。

「お腹がすいた！」マイケルソンはもう一度つぶやいた。

「〝お腹がすいた〟というのは知りません」と、シントロンが答えた。「でも、奥さまなら力になれるかもしれません！」

マイケルソンは、だれかが頭に軽く触れたのを感じた。振りかえり、反射的に飛びのくと、自分の身を守るようにしてとっさにてのひらを相手に向けた。視線は相手のうしろのどこかにさまよわせたまま、頭のなかでは、相手がどういう女性なのかをその見た目から読みとろうとした。

「アンテガ？　ミルナ？」頭を働かせながら口に出した声は、まるで他人のもののように聞こえた。「それとも別の人？」

その女性は二歩後退した。背はマイケルソンより少し高いくらいで、いまにも折れてしまいそうなほど、ほっそりとした華奢《きゃしゃ》なからだつきをしていた。面長《おもなが》で、蠟《ろう》のように青ざめた肌をしていて、深いグリーンの目と薄い唇が印象的な顔だちだった。鼻はとても小さく、耳は、肩までの長さのメタリックシルバーの髪の下に隠れていた。指は細くて長く、わずかに横を向いたときには、うなじに銀色に光るものがあるのが見えた。

「わたしはジュニチ。ここはわたしの家です。あなたは新しい使用人なの？」

「マイケルソン、クリニックの患者だよ！」とかれはいい、自分のローブを指した。彼女はわずかに不快感をにじませてかれを見たが、その後、突然笑いはじめた。

「使用人たちがあなたを道でひろってきたのね。これでわかったわ。あの三人がなぜ地下に駆けこんで、こっそり話をしていたのか。でもね、マイケルソン。この家に病人は必要ないの。あなたはクリニックに戻るのよ。場所はわかる？」

「クリニック？　場所？　お腹がすいた！」

ジュニチはシントロンのほうを向き、マイケルソンには理解できない、なにかの指示を与えた。するとハッチが開き、肉汁あふれるステーキと野菜のマッシュをのせた皿が宙に浮かんで外に出てきた。そこにはカトラリーも添えられており、ジュニチはそれを受けとると、部屋のまんなかにある見えないテーブルの上に置いた。そしてマイケルソンのほうに戻って腕をつかむと、驚くほど軽々とかれを立たせて、テーブルまで導いた。エネルギー・シートにかれをすわらせ、彼女は皿とカトラリーを指した。

「食べなさい！」と、彼女はかれに食事をすすめた。

マイケルソンの目は肉に釘づけになった。あまりの驚きに身動きひとつできないままで、ステーキの香りを吸いこんだ。それからナイフとフォークをわしづかみにすると、肉を切り、肉片を次から次へと口に押しこんで、これ以上ないくらいの速さで咀嚼《そしやく》した。そして最後に野菜のマッシュをスプーンで食べ、皿に残ったものも指でぬぐって口に運んだ。

あまり大げさなことはするな！　とかれは頭のなかで自分自身に警告した。度がすぎると疑われるぞ。

「お腹いっぱいだ。ありがとう！」かれは満ちたりた声でいった。

ジュニチはそのあいだ、ずっと無言でかれを見ていた。彼女を盗み見たマイケルソンは、その頭が突然、かすかな電気フィールドに包まれたことに気づいた。髪が静電気で逆立っている。ジュニチは一瞬、いらだったような表情を見せたかと思うと、その音がはっきりと聞きとれるほど、深く息を吸いこんだ。

「あなたは逃げだしてきたのね」と、彼女はいった。「クリニックではあなたを探しまわってるわ。自分が北地区のクリニックの大事な患者だって、どうしていわなかったの？　それに、どうやってこの南地区まできたの？」

南地区？　マイケルソンは、まぶたの震えで内心の動揺に気づかれないように、なんとか自制を働かせた。自分が南地区にきていることを、かれはわかっていなかった。

「南って？」と、かれはたずねた。

「怖がらなくていいわ。プフラコムがいまこっちへ向かってるから。かなり肩身の狭い思いをしてるみたいね。多分、ザトロムにきつくしかりつけられたんでしょう！」

「プフラコム！」マイケルソンは満面の笑みを浮かべた。「プフラコム！」

エネルギー・シートからすべりおりると、かれはドアに向かって駆けだした。ジュニチはかれを引きとめた。

「あわてないで！　わたしが外へ連れていってあげる」

彼女はマイケルソンの肩を抱き、ゆっくりと通りに連れだした。かれは無邪気を装ったが、心のなかではひどく混乱していた。矛盾するふたつの事実を、どう整理していいのかわからなかった。ふるまいだけを見れば、ジュニチはふつうの女性と変わらない。それでも彼女のからだには、冷たく感じられる個所がいくつもあった。モジュールが移植されている場所だ。ジュニチはカンタロなのだ。その点は疑いようがなかった。たとえ彼女の印象が、これまでに出会ったカンタロたちとはまったくちがっていたとしても。

なんてことだ、とロワ・ダントンは思った。どうしてよりによっていま、こんなことが起きる?

かれは自制を保つのに苦労した。ジュニチのエキゾティックな魅力は、眠っていた記憶を揺さぶった。死によって奪われた愛する妻、デメテルの記憶は、このところずっと心の底におさえこむことができていたというのに。

一方的な抱擁から逃れようとしたが、ジュニチはその手を離さなかった。表情から彼女の意図を読もうともしたが、それもうまくいかなかった。

「あなたには助けが必要よ。ほら、プフラコムがくるわ!」という彼女の声がした。

「プフラコム!」

彼女はようやく手を離した。マイケルソンはカンタロのもとへ駆けよった。プフラコムはかれの手首を乱暴につかむと、大きな声で同族に簡潔に謝意を告げ、自分が世話をまかされている患者を連れて帰途についた。

「クサトゥル将軍はずいぶんと厄介なことを命じてくださったものだ!」と、プフラコムはつぶやいた。「これからはもっとおまえに目を光らせなくては!」

マイケルソンは無言のまま、かれにつづいて北地区へ戻った。自分がプフラコムの立場だったとしたら、目を光らせるだけでは不充分だと感じるにちがいない。記憶を持たない知的生物の行動など、とても予測できるものではない。完全にコントロールするには、閉じこめておくよりほかないだろう。

だがマイケルソンを閉じこめることは、将軍に禁じられていた。

プフラコムとクリニックへ戻ったあとは、ロボットの看護師に連れられて病室に入った。マントをはおったままベッドにからだを投げだして、マイケルソンは目を閉じた。

結局のところ、カンタロとはいったいなんなのだろう？　そんなふうに考えながら、現時点でカンタロについて知っているすべてのことを、頭のなかで思いかえした。ダアルショヨルやショウダーのこと。ヴィッダーを通して知ったこと。そして、テバイ・ガルノダを通して知ったばかりのことも。

それらについて考えれば考えるほど、すべての謎の答えはアマゴルタにあるという確信は深まった。

アンゲルマドンでの任務を、失敗に終わらせるわけにはいかなかった。

10

クサトゥルにとって、卵形のロボットの姿はすでに見慣れた光景になっていた。端末で作業をしているヴァリオ＝500を、かれは背後のドアロのところに立って眺めていた。ヴァリオは複数の制御セグメントを露出させ、シントロン・システムの主構成要素を形成しているエネルギー・フィールドのプロジェクターを変化させていた。すぐそばの床の上には、グレイのこぶし大の物体が置いてある。ヴァリオが体内でつくったログの遮断装置だ。

クサトゥルは、からだから伸びている触手のリズミカルな揺れをじっと見ていた。そうした揺れは、ロボットが新しい動きをするたびに生じたが、たいていは複数の触手が同時に動いて作業をしており、一度などは、探知ヘッドが卵から出てきて、仕事の成果を視覚レンズで確認してもいた。

優に一時間以上はたったころ、ヴァリオは触手を少し引っこめて、端末の上に浮かびあがった。

「いまから遮断装置のスイッチを入れます」カンタロ語を使い、抑揚のない声でかれはいった。「念のため、うしろにさがっていてください。手順はしっかりと頭に入っていますが、それでも、突発的に安全メカニズムが作動して、遮断に失敗しないともかぎりません。最悪の場合、端末が自滅することもありえます。あなたの命を危険にさらしたくはないのです。ですから、お願いします」

クサトゥルは無言で隣りの部屋に行き、待った。モジュールを使って隣室に走査ビームを送るのはあきらめた。作業の妨げになるのを懸念したからだが、その判断は正しかったようだ。

ヴァリオ＝500の作業は無音で進んだ。ロボットは、音や放射を完全に遮断していた。そのため、少したってから卵の影がドアロにあらわれ、探知ヘッドが自分を見つめているのに気づいたときには、クサトゥルは心底驚いた。

「もう大丈夫です」と告げた声には、繭装着時に特有のモデュレーションがいっさいなかった。「安心して戻ってください。マイケルソンのことで、なにか知らせはありましたか？」

「まだだ。プフラコムはまだかれを探しているんだろう」

「どうやらうまく注意をそらしてくれているようですね」

テバイ・ガルノダは、マイケルソンを仮死状態にするのに、どの薬がどれだけ使われたかをすぐに突きとめ、その作用を打ち消す薬を用意した。マイケルソンはものの数分で回復し、この機会を利用して、集中してからだを動かした。それからガルノダは、かれなりのやり方でマイケルソンの準備を整えた。完全な健康体だが、なにひとつ思いだせない状態に、マイケルソンをおちいらせた。実際、細胞活性装置がなかったら、かれは本当になにも思いだせなくなっていたにちがいない。だが細胞活性装置のおかげで、記憶は少しも損なわれず、患者はただ記憶を失ったふりをすればよかった。マイケルソンにとってはそれほどむずかしいことでなく、思考を背景に押しやるだけで、かれはすぐに永遠の忘却の心地よいけだるさに襲われた。

クサトゥルはプフラコムを呼びだし、マイケルソンの世話をする役目を命じた。ガルノダは、病人をここから五百メートルも離れていないクリニックに入院させており、入院患者の権利と義務についても説明をすませていた。患者は毎日外出できるが、夕方にはクリニックに戻らなくてはならない。しかし、マイケルソンにとっては、そんな規則などなんの意味もなかった。いまのかれは、ほんのわずかな情報しか記憶できないことになっているからだ。かれにとって重要なのは、いまの状態が変化しないよう、一日に二回、ガルノダに追加の処置をしてもらうことだけだった。

「この先もうまくやってくれるといいが。マイケルソンがやりすぎると、困ったことになる」と、将軍はいった。「そうなればかれに疑いがかかるし、計画全体が危険にさらされてしまう!」

「そんな心配をするなんて、あなたはローダンの息子を知らなすぎますよ!」

ロボットは浮かびながら通信室へ戻っていった。クサトゥルは考えをめぐらせながらそれにつづいた。

「それでもやはり、マイケルソンはここに残ってもらったほうがよかったのではないだろうか。そうすれば、なにか起きたときにはすぐにグッキーに連絡できる」

「それはそうですが、あなたはわたしの存在を忘れています。ここにはわたしも、それからプロフォス人もいます。それに、われわれの能力も、われわれがなにを知っているかも、カンタロにはまだ知られていないのです。万が一、あなたとわたしがアンゲルマドンからいなくなるようなことがあったとしても、その情報はガルノダからマイケルソンに伝わるでしょうし」

クサトゥルは唇をきゅっと結んでまぶたを閉じると、うなだれるように頭をさげた。

「作業をつづけてくれ」と、かれはいった。「こんな話をしてもなんにもならない。時間がむだになるだけだ」

ヴァリオ＝500はふたたび通信端末に向かい、ゆっくりとシステムに入っていった。侵入しても記録は残らず、通知もされないことが確かになると、ヴァリオは作業の速度を上げた。だが、仕事がぞんざいになることは決してなかった。シントロンのネットワークのなかにも、侵入を感知し、無音の警告を発するユニットがあるにちがいないと考えていたからだ。

将軍とその副官がアマゴルタの情報を切実に欲していることは、だれにも知られるわけにはいかなかった。

一昼夜という当初の見通しは、もはや維持できそうになかった。

深夜になると、クサトゥルは寝室のひとつに移った。カンタロの将軍は、ひとりになる時間がほしかった。疲れた精神を休めたかった。ここでならもう、通信室の端末の上にある光の線が見えることもない。そこにはつねに、進行中の作業内容が示されていた。

A?????a。カンタロの文字で、そこにはそう表示されていた。

アドヴェルタ《Adoverta》
アウハラバ《Auharaba》
アシュバジャ《Ashubaja》
アクハギア《Akhaghia》

さらに検索をつづけますか?

「いや、いい」ヴァリオがいった。「〝アマゴルタ《Amagorta》〟はないか？」

「知らない単語です。登録がありません」こんどは端末も音声で答えた。

「〝アトロガマ《Atrogama》〟ではどうだ？」

「単に語順を入れかえただけですね。どこにもありません」

ヴァリオ＝500はやり方を変え、ハイパー通信装置の主シントロンも含め、シントロン・システム全体にくまなく検索をかけることにした。だが確実を期すために、まずはハイパー物理学の問題をシントロンに投げかけてみた。難問だが、シントロンにはすぐに解けるはずの問題で、答えが出るには〇・五秒もかからなかった。そしてそのあとで確認しても、その質問がどこからきたのかは記録されていなかった。ヴァリオはいまでは十のシントロンとつながっており、そのなかにはディルフェベールが働く造船所の端末もあった。コードナンバーにブルー族の名前をあらわすものが含まれていたために、それがわかった。

接続はたったの〇・五秒しか開かれていなかったが、ヴァリオが検索インパルスにアマゴルタという単語を送るには充分な時間だった。

答えは音声でいっせいに返ってきた。

〝このデータは保護されています。セキュリティ規則にしたがって、コードを入力してください〟

お手あげだった。

ヴァリオは朝早くクサトゥルを起こすと、これまでの経緯を説明した。

「コードについて、なにか知っていることはありますか?」と、ヴァリオは訊いた。

「いや。わずかだが、将軍候補生のうちはまだ知らされない情報もあって、コードもそのひとつだった。それについては、訓練修了後に聞かされることになっていた」

「では、知識をフル稼働させて、主シントロンのさまざまな領域を探ってみてください。重要度の低いほかのコードを突きとめたり、それらを使用したりしてみてください。そのデータを使ってわたしはシステムへの理解を深め、コードの解明を試みます」

「そのあいだは、なにをする?」

「散歩に行きます」

＊

朝食後、プフラコムがクリニックの出口に迎えにきた。マイケルソンはかれといっしょに通りに出ると、安定した印象を与えられるよう、話す言葉をコントロールした。身ぶりであらゆる方向を指しながら、カンタロの隣りをゆっくりと歩いた。

「北地区を案内してくれないかな」と、マイケルソンはいった。「いろいろなものを見たいんだ。わからない言葉があったら、その意味も教えてほしい」

基地指揮官の副官は顔をしかめた。だがそう見えただけで、実際には笑顔をつくろうとしていたらしかった。髪をかき上げたときには分け目を乱さないように注意していたが、そんな分け目は前日にはなかったことにもマイケルソンは気づいた。その後もカンタロは、何度も口もとに手をやったり、落ちつきなく視線をさまよわせたりした。なにかがおかしい。直感的にそう思った。できるだけ注意して、どんな些細《ささい》な変化にも気づけるようにしなくては、とかれは気を引きしめた。

プフラコムは、特徴のある建物の機能について説明をしながら通りを歩いた。それらはどれも、街をコントロールしている管理部の建物だった。南地区にあるＺＯＡも管理部の一部だったが、とりしまりの対象はギャラクティカーだけで、職員は大半がロボットだった。

「ギャラクティカーはカンタロの下で働いてるけど、あなたたちはそれを特にありがたいとは思ってないんでしょう？」と、マイケルソンは訊いた。副官はひどく腹立たしげにかれを見た。

「おまえはギャラクティカーのことがわかっていない。かれらには保護が必要なのだ。それに、おまえは忘れてしまっているだろうが、銀河系の平和を維持しているのはわれわれだ。最上級司令本部はつねに、銀河系の住民のためを思って命令をくだされている。折りに触れて戦いは起きるが、それは反逆者や、暴力を使って惑星とその住民を支配しようとする反動勢力を制圧するためのものだ。

それにおまえの質問は、根本からまちがっている。南地区には、カンタロとギャラクティカーが混じりあって暮らしている地域もあるが、両者のあいだにほとんど行き来はない。だがそのかわり、事故もない。わが子を隣人に近づけるべきではないと、ギャラクティカーはちゃんと心得ているのだ。身近に子供がいることに、カンタロがどんな反応を示すかわからないからな。そのカンタロが、男であっても、女であっても」

「驚いたな。あなたは率直だし、正直だ、プフラコム」

「隠さなくてはならないことは、われわれにはひとつもない。それに、きのうの夕方よりもおまえがずっとよくなっているのがうれしいのだ。ほとんどふつうに話せているではないか」

「まだ、大変、だけどね」マイケルソンはたどたどしくいった。「もっといろいろと教えてよ！　あなたの種族のこととか。ルーツはどこなの？」

もちろんマイケルソンは、アノリーが語った言葉のひとつひとつも、ジュリアン・ティフラーが調査でつかんだ事実の詳細も、すべてを知りつくしている。しかし、いまのかれは記憶をなくし、乗っていた船が破壊される前の出来ごとはなにひとつ覚えていないことになっている。

「どうしてそんなことを訊く？　われわれカンタロのルーツは銀河系だ。ここの重力場で動くすべての惑星と同様に、銀河系の一員だ。だからわれわれには、ここで果たすべき使命がある」

「どんな使命？　教えてよ、プフラコム」

「さっきいったろう。われわれは法と秩序を守っている。そして銀河系は、最上級司令本部によって統治されている。大規模な破壊が起きたあと、銀河系の種族が無意味な存在に落ちぶれてしまわなかったのは、最上級司令本部とわれわれの艦隊のおかげだ。いまは忘れてしまっているが、おまえだって記憶をなくす前は、七百年近く前に大カタストロフィや百年戦争が起きたことを知っていたはずだ。われわれがいなければ、おそらくおまえはいまここにはいなかっただろうし、銀河系はただの瓦礫《がれき》の山に変わりはてていただろう」

「へえ、そんなこと、全然覚えてない」マイケルソンは嘘をついた。「そんなにひどい状態だったの？」

プフラコムは手をたたいた。それが、人間がうなずくことと同じ意味を持つしぐさなのは明らかだった。

驚いたな、とマイケルソンは思った。プフラコムには自覚はないのだろうが、それは典型的なアノリーのしぐさだった。

そうして話しているあいだに、かれらは二度方向を変え、南に向かった。水色のローブを着たマイケルソンは、同行者がふたたび落ちつきをなくし、まるでなにかを待ってでもいるかのようにあたりを見まわしているのに気づいた。マイケルソンはしばらくは視線を落としたままで、プフラコムの隣りを無言で歩いた。

「あのジュニチという人」と、マイケルソンは出しぬけにいった。「彼女のことは、よく知ってるの？」

プフラコムは、見えない壁にぶつかりでもしたかのように立ちどまった。頭だけを九十度動かし、間隔の離れた目でマイケルソンを刺すように見た。

「彼女はこの世界で最高位にあるカンタロの医師の伴侶《はんりょ》だ」と、かれは小声でいった。

マイケルソンは驚いて眉を上げた。

「それなのに南地区に住んでいるなんて！　どうして？」

「本人がそう望まれたのだ。高位の医師ではあっても、労働者の活気に囲まれているのがお好きなのだが、そういう雰囲気は南地区に住まなくては味わえない。北地区は、原則的にギャラクティカーにはタブーだからな。ただし少数の例外はいて、おまえの医師もそのひとりだ」

「テバイ・ガルノダ！」

「どうやら記憶力自体は損なわれていないようだな」と、プフラコムはいった。「そろそろガルノダは、おまえの過去の記憶をとりもどすべきなのかもしれないな。それも、できるだけ近いうちに」

「できるだけ近いうちに？　だったらいいな！」

突然、プフラコムに肩を突かれ、マイケルソンはよろめいて建物の壁にぶつかった。カンタロはかれの両側の壁に腕をつき、頑丈なからだでかれを押しつぶそうとした。マイケルソンは身をすくめた。きっとグッキーは警戒態勢をとっているだろう。思考を通して出動命令が届くのを待っているはずだ。

くるな！　とかれは強く思った。まだ命の危険はない！

カンタロは、それ以上はからだを押しつけず、そのままの姿勢でなにかを待った。どこかの建物のドアから轟音のようなブーツの足音が聞こえ、こちらのほうへ近づいてきた。目の前の通りをカンタロの一団がすさまじい勢いで走りぬけ、南のほうへと姿を消した。なにかをわめいていたが、カンタロ語が理解できないマイケルソンには、かれらがなにをいっているかはまったくわからなかった。プフラコムの腕のあいだから、マイケルソンはただその光景を眺めていた。しばらくしてようやくからだを離したプフラコムの顔には、はっきりと安堵の色があらわれていた。

プフラコムはふたたび歩きはじめた。ところが、マイケルソンがついてこようとしなかったため、力ずくでかれを引っぱった。だが次の角までくると、マイケルソンはまた歩みをとめた。

「説明してよ」と、かれはいった。「いまのはなんだったの？」

「おまえには関係のないことだ！」

「知りたいんだよ！　あなたの同族になにがあったの？」

「ドラテイン！」プフラコムは陰鬱な声でつぶやいた。「だれもがときにはああなってしまうのだ」

「なにをいってるのかわからないよ、プフラコム」

「わからないほうがいい、記憶喪失者よ。本当だ！」

プフラコムはふたたびかれを引っぱった。南に向かって歩いていると、進行方向へ駆けていくカンタロの姿を遠くから見かけることは何度もあった。それでもプフラコムは南へ行くのをやめようとはしなかったため、マイケルソンはいぶかしく思った。結局プフラコムが別の方向に折れたときには落胆したが、テラナーはそれを気づかせるようなことはしなかった。

次の角までくると、こんどはふたつの方向から唐突にカンタロたちがあらわれた。しかし、プフラコムは前回ほどには驚かなかったようで、それほど激しい反応は示さなかった。からだをこわばらせ、その場に立ちつくしただけだった。マイケルソンはとっさに、通りから少し奥まったところに入口のある建物のドアにからだを押しつけた。

「なんの用だ？」ドアのシントロンがどなった。「おまえはギャラクティカーだな。ここはおまえのくるところじゃない！　警報を発する！」

甲高い笛のような音が聞こえたが、〇・五秒もたたないうちにまたやんだ。

「プフラコムが警報を解除した」ドア・シントロンが告げた。「おまえはマイケルソン。将軍が連れてきた入院患者だ」

「そのとおり」ロワはため息をついた。通りを見ると、そこには複数のカンタロのグループがいた。全員がどこかへ向かっている最中で、ひどく急いでいた。プフラコムもまた動きだした。マイケルソンのそばまでくると、ドアを開けさせた。なかに入れば転送機が作動すると思ったようだが、そうはならなかったため、プフラコムはマイケルソンを建物に引きいれ、壁に押しつけた。

「ここで待っていろ！　わたしは外を見張る。道があいたらすぐにここを離れよう」

マイケルソンは無言のままプフラコムのあとを追い、外を見た。カンタロは全員、直方体の建物のなかへと消えていった。

「あれがドラテイン？」と、かれは訊いた。

カンタロは曖昧《あいまい》なうなり声をあげた。マイケルソンはそれとはわからない程度にうなずいた。あれがガルノダがいっていた例の直方体の建物なら、あそこが南地区との境界で、この通りがヴェガ大通りなのだ。

かれはふたたび建物に入り、プフラコムの視界から姿を消した。カンタロが数分後に建物に戻ったときには、マイケルソンはもうそこにはいなかった。テラナーは反対側のドアから出ていったとシントロンはいった。だがそれ以上のことはわからなかった。プフラコムは自分自身に腹がたった。朝早くからこんな事態になってしまったことも腹立たしかった。あの重要な入院患者の世話をするのは、クサトゥル将軍じきじきの命令だというのに。逃げられたのは、これで二度めだった。

*

かれはノックをして、たずねた。

「お腹がすいてるんだ。朝食をもらえるかな？」

入口のシントロンは無言だった。金属のドアフレームのまんなかで、赤い光がともっただけだった。ロワ・ダントンがノックをくりかえすと、ようやく内側から返事のようなものがあった。足音が近づき、ドアがスライドした。かれは軽く身をかがめ、自分を見ている男を見た。男はテラナーだった。黒いローブを着ていることから、奴隷だとわかった。

「なかへどうぞ、同郷の人」と、かれはつぶやくようにいった。「別に待ってたわけじゃないけど、このあたりにきみがいるというのはもう知れわたってる」

「ぼくはマイケルソン。きみの名前は？」

「ブレッドキャスティング。ルーツはルナにあるけど、家族はもう数百年前からフェロルに住んでる。オリンプに行く途中で捕らえられて、それ以来、このアンゲルマドンで仕えてる。でも、いまはお相手できないんだ。不安定になってるお客のところへいって、世話をしなきゃならないんでね」

「かまわないよ。行って！　朝食はどこでもらえるかな？」

「この階にいるあるじのところへ行くといい」

「あるじの名前はなんていうの？」

「マアショルだ！」

男は離れていった。マイケルソンはゆっくりとあとを追い、奴隷が転送機で上に向かったのを見届けてから、奥へ向かった。声が聞こえ、カーテンの仕切りの向こうにだれかがいるのがわかった。目を凝《こ》らすと、カンタロの男がふたりと女が三人いるのがわかった。

「入っていいかな？」と、かれは訊いた。

「どうぞ」と、答えが返ってきた。「おまえがだれかはわかってる。プフラコムがおまえを探しているからな！」

「おじゃましてごめんなさい。でも、いろんなことが知りたくて！」

男のひとりが振りかえり、浮遊クッションを指さした。

「すわれ、記憶のないテラナー！　好きなだけ飲み食いしていけ！　すぐにおまえにも食べられる料理が運ばれてくる」

マイケルソンはクッションにからだを沈ませた。カンタロたちにじっと見つめられたので、かれのほうでも見つめかえした。その部屋には妙な空気が漂っていた。落ちつかず、もぞもぞとからだを動かすと、女のひとりがほほえみながら上を指した。足を踏みならす音や、大きな物音が二階から聞こえてきていた。

「不安定になってる仲間のお世話をしているのよ、テラナーさん。でもそう長くはかからないわ。しばらくしたら、ここを出ていくから」

「ドラテインに行くんだね！」

マイケルソンはまさに触れてはならない点に触れてしまったようだった。五人のカンタロ全員が弾《はじ》かれたように立ちあがり、かれをとりかこんでクッションから引きずりおろした。

「われわれを愚弄《ぐろう》するのか、鼻持ちならないテラナーめ！」カンタロたちは声を荒らげた。「いまからおまえを上に送りこんでやろうか。そうすれば仲間はおまえで存分に楽しめる！」

「やめて、マアショル！」女のひとりがそのカンタロを脇へ押しやった。彼女のローブには腰までスリットが入っており、一瞬、右の太ももがあらわになった。マイケルソンの目は、そこに埋めこまれたふたつのモジュールをとらえた。光る表面に描かれた、カンタロ語の装飾文字までもがはっきりと見えた。「かれは捕虜よ。それも、クサトゥル将軍からゆだねられている捕虜。この人を傷つけるわけにはいかないわ。かれの知識が永久に失われでもしたら、ザトロムはわたしたちがしたことを絶対に忘れないでしょう」

この家のあるじであるマアショルは、目を閉じて考えをめぐらせた。そして深く息を吸いこむと、うしろへさがった。

「いますぐわたしの家から出ていけ。このあたりには二度と姿を見せるな、ギャラクティカー！」かれはマイケルソンをどなりつけた。「朝食はクリニックでとれ。とっとと失せろ！」

マイケルソンは視線をさまよわせ、カンタロひとりひとりを順番に見た。全員が、怒りのこもった目でかれをにらみつけていた。だがそのとき、上で叫び声がした。だれかがうめき、物音や足を踏みならす音が大きくなった。かれらの表情は瞬時に変化し、全員が顔を曇らせた。三人の女は小さくため息をつき、男たちは動揺したようすでからだの向きを変え、脇にあるドアから姿を消した。

「これからどうなるの？」マイケルソンは小声でたずねた。

「騒ぎはすぐにおさまるわ」と、答えがあった。「これはいいことではないけれど、わたしたちだって好きでやってるわけじゃない。わたしたちにはどうしようもないのよ」

彼女は腕を振りあげ、マイケルソンに平手打ちをくらわせた。「さっさと消えなさい！この事故にも、わたしたちの苦悩にもかかわらないで！」

彼女はもう一度ぶとうとしたが、マイケルソンはその前に部屋から逃げだした。ドアへと走り、通りに出ると、ロボット車輛がこちらに向かってくるのが見えた。テラナーは近くに身を潜め、ことの成りゆきをうかがった。すると、まもなくドアからカンタロたちがあらわれ、ルナの子孫の動かない血まみれのからだを引きずりだして、ロボット車輛に投げいれた。車輛はすぐに加速し、猛スピードではしりさった。

11

「事故だ」画面の上にあるスピーカー・フィールドから、虫の鳴くような、興奮した声がした。その声は即座にシントロニクスによって、補聴器の受信部分に転送された。テバイ・ガルノダは反射的に少し目を細め、右の人差し指で鼻梁《びりょう》をなでた。

「場所は？」と、すぐにたずねた。

「ひどい事故だ」ディルフェベールは虫のような声で話しつづけた。「どうしてこんなことになったのかわからない。接続エレメントの整備をしていたんだ。シントロニクスのエラーが原因かもしれない」

「場所はどこだと訊いてるんだ！」

「すぐそこだ。通信ステーションの真下だよ。ここから負傷した男が見える。ロボットが手当てをしているが、助かるかどうか……」

「すぐに行く！」

テバイ・ガルノダは画面にうつる領域を離れ、走りながらクリニックの屋上にある小型の浮遊機に指示を与えた。浮遊機は浮き上がり、建物の裏側にまわって、外壁に非常ドアがある場所まで高度をさげた。避難が必要な状況で、ほかに逃げ道がない場合には、外部のプロジェクターがここに反重力フィールドを生じさせ、建物から出てくる者たちを地面におろすことになっている。しかしいまは、プロジェクターの作動スイッチは入っていなかった。ガルノダは非常ドアを開け、浮遊機が浮いている外へと飛びだした。吸引フィールドが、すでに口を開けているハッチへとかれを導いた。そして、制御盤のうしろの柔らかな椅子にガルノダのからだが沈みきらないうちにハッチが閉じると、浮遊機はすぐにエンジンの音を響かせて、空へ向けて飛びたった。ガルノダの胸にあるバッジの放射も測定され、北地区の安全装置は全面的に解除となった。

「行先は?」インターコスモで音声がたずねた。ガルノダは目的地を告げた。そしてその後は、北東へ向かう浮遊機から見える眺めを目を輝かせながら追いかけた。北地区の、五階の通路と同じくらいの高さの上空を、浮遊機は猛スピードで飛んでいた。カンタロの自動警備グライダーも何機か見えたが、反応せずにその場に待機していた。突然、浮遊機のモニター・フィールドが作動して、映像フィールドに女性のカンタロの顔がうつしだされた。

「ガルノダ、クサトゥルの患者がどこにいるか知らないかしら?」

「残念ですが、わかりません。ゆうべから姿は見ていません。次の注射は四時間後ですし。なぜそんなことを訊くのです?」

「また姿を消したの。プフラコムの隙を見て逃げだしたのはもう二度めよ」

浮遊機の下を、北地区の重要な建物群が過ぎていった。産業施設の端の部分が見えてきた。さらに北には、ハイパー通信装置の塔がそびえ立っている。

「いまは捜索を手伝えません。怪我人のところへ行かなければならないのです」

「わかってるわ。ブルー族から知らせが入ったのでしょう」

接続が消えた。ガルノダは考えをめぐらせながら、丸みのあるフロントガラスの向こう側を見た。横方向と上方向の眺めは人間の目で見るのと変わらなかったが、飛行方向にあるものは、実際よりもいくらか膨張して見えた。

マイケルソンはいま、申しあわせたとおりにひとりで行動しているらしい。かれはプロフォス人の予想より、はるかに速く新しい役割に順応していた。どうやら自分は、細胞活性装置保持者の能力を完全に見誤っていたようだ、とガルノダは思った。しかもロワ・ダントンはローダンの息子だ。それを忘れてはならない。アルコン人の皇位継承者とともに太陽系帝国を築き、地球と人類を数々の危険から救った、伝説的存在の息子なのだ。ローダンは島の王たちの狡猾《こうかつ》な罠を切りぬけ、時間警察と戦い、大群によって引きおこされた危機から銀河系を救いだした。みずからの権力機構を失ったあとは、独立した闘士として仲間たちと再出発し、七種族の公会議と戦って、宇宙勢力のバランスを維持した。ヴィシュナの災《わざわ》いや、ソト＝ティグ・イアンによってもたらされた危機をギャラクティカーが乗りこえられたのも、ローダンのおかげだ。ときには状況が悪化した時期もあったが、銀河系は、結果的には絶えず進化しつづけてきた。そしてだからこそ、ガルノダは歴史に強く惹きつけられていた。銀河系の発展の経緯が知りたかったし、その過程についての真実を、ひそかに追いつづけてきた。

アルコン人は失敗した。かれらの種族は衰退し、〝それ〟が設けた期限を守ることができなかった。そこで超越知性体は別の種族を探した。アルコン人よりももっと若い種族を。そしてテラナーにも、目標の達成に向けた期限が設定された。その目標がどんなものだったのか、ガルノダにはわからない。わかっているのは、目標があるということだけだ。

二万年。それが目標達成のために設けられた期限なら、明らかになっていた。しかし、その期限なら、明らかになっていた。

設定された期限なのだろう？　人類だけが対象なのか、それともすべてのギャラクティカーが対象なのか。アラスやブルー族やそのほかのすべての種族も、そこには含まれるのだろうか？

「着陸します！」浮遊機が告げた。「点滅している警報ポイントにしたがって進んでください。事故現場へのいちばんの近道を示しています」

「わたしの鞄をくれ！」と、ガルノダはいった。「医療器具が必要だ！」

「鞄はすでに用意してあります！」

軽くひと揺れして、浮遊機は屋上のひとつに着陸した。ハッチが完全に開いて外に出られるようになるのを、ガルノダはもどかしい思いで待った。屋上のコーティングの上に飛びおりたあとは、鞄を追いかけた。ガルノダがいちいち光のポイントを探さずにすむよう、鞄は前を飛んで先導してくれていた。警報ポイントは極端に小さく、恒星チャットに照らされたそれらを人間の目でたどるのは、非常に困難だったからだ。造船所のホールへは、反重力装置を使っておりた。搭載艇の部品の横を、それらには目もくれずに走ってたどり着いた事故現場は、ロボットによって守られていた。壁の上方に鳥の巣のようにはりついている通信ステーションにはブルー族の姿があって、こちらに合図を送っていた。ガルノダにはその意味がわからなかったが、それについて考えているひまはなかった。かれはジェルまみれになっている怪我人の上に身をかがめた。

「さがっていてくれ」と、かれは事故現場を守っているロボットに指示をした。機械がそれにしたがうのを見て、プロフォス人は妙な感慨をおぼえた。通常は、アンゲルマドンのギャラクティカーがロボットや機械に指示を与えることはない。いつもなら逆の立場だ。

テバイ・ガルノダは事故にあったアコン人を見た。男はなにかの作業員や下働きの者であることを示す、赤い服を身につけていた。しかし、本来なら、造船所にかれのような労働者がいること自体、カンタロの主義にはそぐわない。かれの存在は、アンゲルマドンのドロイドの混乱や不安定さを象徴しているかのように見えた。この状態は本当に、平和スピーカーというたったひとつの衛星システムによってのみもたらされたものなのだろうか?

「聞こえるか?」ガルノダは小声で訊いた。怪我人が助からないことはすぐにわかった。炎や高温の液体による三度のやけどに、ほぼ全身をおおわれていた。意識は戻っていたが、頭を動かすこともままならなかった。いったんは目を開き、その部分をおおっていたジェルがしたたり落ちたが、すぐにまた、男はまぶたを痙攣《けいれん》させながら目を閉じた。ガルノダは水たまりのようなジェルのなかに膝をつき、唯一あらわになっている口と鼻のそばに耳を近づけた。怪我人は唇を動かし、ほとんど聞きとれないほどのか細い声でなにかをいった。

「ここはもういい」と、ガルノダはロボットにいった。「この男は死にかけている。ここから離れて、死にゆくギャラクティカーに尊厳を与えてやってくれ」

ロボットはふたたび指示にしたがい、ホールの反対側の隅に姿を消した。入れかわりに、造船所で働く数人のギャラクティカーが集まってきて、事故にあった男を守ろうとするかのようにまわりを囲んだ。

「もっと大きな声で!」ガルノダは怪我人にいった。アコン人は苦しそうにつばを飲みこんだ。

「アリネ……!」男は言葉を絞りだした。「爆は……ヴィッ……」

声がとぎれた。アコン人は目を見開いてからだを起こそうとしたが、頭が少し持ちあがっただけで、すぐに力がつきた。白目をむき、顔が横向きに垂れた。ガルノダはジェルのなかに手を入れて、男の目を閉じてやった。

「かれの魂に平安あれ」と、ガルノダはいった。「火葬して、われわれの墓地に埋葬してやってくれ!」

ガルノダは鞄にここで待つよう指示を出し、ドアのほうに歩いていくと、その向こうにある通信ステーションへとつづく階段をのぼった。ディルフェベールはかれを迎えいれ、プロフォス人には理解できないなにかを声を低めてつぶやいた。

「なにが起きた?」と、ガルノダは小声で訊いた。「われわれは、尋問を受けることになるのか?」

「まさか、テバイ!」

「あのアコン人はだれだ?」

「エレク・テモスの仲間だ。主設備のシントロンの接続を破壊するよう頼まれたらしいが、あの男は、依頼主がだれかは知らなかったようだ。だが、失敗した。セキュリティ設備を甘く見すぎたんだ。あのシステムには、一種の自己防衛メカニズムが備わっていたようだ」

「依頼主はきみだろう!」

ブルー族は甲高い声をあげた。

「仕方がなかったんだ。でなきゃどうやって……」

かれは突然言葉を切った。驚いたようすで両腕を突きだし、下を指した。遺体のそばに、ひとりのカンタロがあらわれていた。あたりに広がるジェルのすぐそばに立ち、伸びをするようにして死者を観察していた。それから通信ステーションを見上げ、長いあいだこちらをじっと見ていた。ガルノダはようやく気づいた。

「ゾクウンだ!」と、小声でいった。「将軍の副官がここでなにを?」

「訊いてこい! わたしは持ち場を離れられない!」

「いや、その必要はない。きみの勤務が終わったら会おう。いま訊かなくても、どのみちきみを連れていくように頼まれてるんだ!」

「だれのところに?」ディルフェベールは、自分の幸運についてまだなにも聞かされていなかった。

「クサトゥル将軍のところに」

プロフォス人は慌ただしく通信ステーションをあとにして、ホールへおりた。あたりを見たが、ゾクウンの姿はもうそこにはなかった。ギャラクティカーが棺を運びこみ、死んだアコン人を搬送ビームで持ちあげて、なかに収めた。ガルノダはかれらにうなずくと、鞄といっしょにシャフトへ向かった。

ここでできることはもうなにもなかった。あとは造船所で働くギャラクティカーの仕事だ。運がよければ、かれらは妨害工作で事故が起きたことをごまかせるかもしれないが、おそらくシントロンを欺くのはむずかしいだろう。それにディルフェベールにも、かれらの手助けはできない。ディルフェベールが有している知識を思えば、かれに疑いが向くのは絶対に避けなければならなかった。

＊

そのカンタロは、見るからに困りはてていた。相手をなだめようとしているのはしぐさを見れば明らかだったが、クサトゥル将軍の怒りはおさまりそうになかった。

「あのガルノダという男は信用できない。ギャラクティカーはみな同じだ。やつらは自分の利益しか頭にない！」

「われわれはあらゆる手をつくしています、将軍」と、カンタロはいった。対応に苦慮しているのがありありと伝わってきた。「プフラコムともつねにコンタクトをとっていますが、副官はまだ、逃げた患者を見つけだせていないのです」

「ではもっと探せ！　やつを見つけて連れもどせ！　マイケルソンがまだクリニックに

戻っていないというのは確かか？　もうとっくに戻っているのに、ガルノダがそれを隠しているということはないのか？」

「確かです。ガルノダがそんなことをしていたら、わたしもそれに気づくはずです、クサトゥル将軍。プロフォス人を信用してください。かれの頭にあるのは、医師としての義務を果たすことだけです。ギャラクティカーとカンタロを区別するなどありえません」

「そんなギャラクティカーがいるとは思えない。わたしならガルノダを監視下に置くだろう。ザトロムにつないでくれ！」

「あいにくですが、指揮官は教育管理官と第一惑星の状況を見にいっておられます」

「ではプフラコムを探せ！　すぐにマイケルソンを連れもどせないようなら、やつは無能だ。あの患者は替えのきかない重要な捕虜なのだ。あのテラナーになにかあったら、最上級司令本部ははかりしれないほどの不利益をこうむることになる！」

最高機関の名を口にしただけで、下位のカンタロは真っ青になった。息をのみ、返答に窮していたが、ようやくあえぐようにして言葉を発した。

「承知しました、将軍！　すぐに対処いたします、将軍！」

クサトゥルは接続を切り、ゾクウンが戻るのを待った。

*

その捜索は、ZOAからの指示で行なわれていた。対象エリアは、ラバト＝キシュ南東部の一平方キロメートル四方で、四本の磁気の大通りに囲まれた地域にあるすべての居住ブロックと建物に調べが入った。二千体のロボットのほか、カンタロも数百人、投入されたが、捜索の目的は、妨害工作の首謀者を突きとめることでも、ドロイドへの反逆者をあぶり出すことでもなかった。かれらが探しているのは、死んだアコン人の身分証明バッジだった。造船所に入るときには身につけていたはずなのに、その後、消失していた。ただし盗んだのはガルノダではありえない。あのホールでかれが盗みを働くのは不可能だったからだ。男に処置をほどこしているときも、遺体を棺におさめるときも、ロボットはつねに監視していた。バッジが盗まれれば、その場ですぐに介入していたはずだった。

つまり盗まれたのは、輸送の最中ということになる。火葬のために棺から遺体を運びだしたときには、身につけていたはずのバッジはもうそこにはなかった。

五人のカンタロが、居住ブロック、アーミーレイ＝12277＝GGF＝322の捜索に着手した。四つある出入口から入ったロボットは、五階建ての建物の全フロアに散らばった。エリアの住民が出ていけないように、対象区域の転送機や輸送システムも、当然のことながら、捜索がはじまる前にすべてスイッチが切られていた。

そのグループのリーダーは、大尉の階級にある技術者のマアショルだった。体内のシグナル発信機を作動させ、ひとつめの住居のドアを開くと、そこには新アルコン人の家族がいた。父親と母親と、四歳から十七歳までの六人の子供と、祖母として家族に迎えいれられた女性ひとりが住んでいた。

「たがいから離れろ！」と、カンタロは命じた。「一列に並べ！　ロボットがおまえたちのからだを調べる。われわれは住居を捜索する」

ギャラクティカーは抵抗せずにしたがった。こうした状況で事故を避けるにはどうすればいいのか、かれらにはすでにわかっていた。全員が一歩さがって、カンタロとロボットを住居に入れた。機械はかれらのうしろにまわり、からだを触って調べはじめた。

かれらが探しているのは、バッジそのものではなかった。バッジは、数キロメートル先からでも位置を特定できる、独特な周波数を発している。かれらが探しているのは、位置の特定を妨害できる物質や隠し場所だった。目的のバッジは、そうしたもののなかにあるにちがいなかった。そうでなければ、いまだに発見できないことの説明がつかない。

盗まれた理由もまったくの謎だった。バッジは所有者以外は使えない。使おうとすれば、即座に他人のものとわかってしまうからだ。

「盗んだ者は、見せしめに厳罰に処さねば」と、マアショルはいい、カンタロたちをそれぞれの部屋に送りこんだ。「ギャラクティカーは扶養する価値もない反逆者ばかりだ」

かれはこのなかでは最高位にあったため、異を唱える者はいなかった。だがそのとき家に入ってきたカンタロには、ここにいるカンタロ全員がかれと同意見でないことはひとめでわかった。ロボットは家族のからだを調べていたため、新たに加わったカンタロに注意を向けることはなかった。

かれは、新アルコン人たちのところへ行った。

「名前は？」と、たずねる。

「ドーミネンです。食糧生産部門の従業員です。妻は同部門の通信ステーションで働いています」

家族全員が緑の服を着ていることから、かれらが生産担当のギャラクティカーではなく、管理を担当する職員であるのは明らかだった。

「なにもありませんでした！」その瞬間、ロボットが告げた。からだにも服のなかにも、隠し場所は見つからなかった。

「そうだろうな。身につけているとは考えづらい」ひとりのカンタロがいった。「住居を捜索している兄弟を手伝え！」

ロボットはその場を離れ、ドロイドもゆっくりとそのあとを追った。振りかえると、新アルコン人たちはまだ同じ場所に立っていた。いま動けば危険な目にあうことがわかっているのだ。

新たなメンバーが加わったことは、マアショルの耳にも入ったようだった。廊下に出て、自分のほうに近づいてくる同族をじっと見ていた。そしてユニフォームの階級章を確認すると、姿勢を正して敬礼をした。

「少佐、どうぞ、なんなりと指示をお申しつけください！」

「そうしたいところだが、このグループの指揮はおまえにまかせる。クサトゥル将軍は、この基地の状況を把握するためにわたしをここへ遣わされたのだ」

「将軍はご自身の任務以上の働きをされているのですね」と、マアショルはいった。

「今回のことは、最上級司令本部から直接指示があったのですか？」

「おまえには関係のないことだ」と、ゾクウンは答えた。だがほかのカンタロたちの目に不審が浮かんでいるのに気づき、すぐに言葉を足した。「しかし、今回の将軍の任務は非常に重要なものだ。しかもできるだけ迅速に遂行する必要がある。あの記憶喪失のテラナーは、われわれに反逆する者たちのキイパーソンなのだ！」

実際、それは嘘ではなかった。しかし、その言葉の本当の意味を知らないマアショルは、畏敬をこめた口調で答えた。

「そのような捕虜の加療の地としてアンゲルマドンを選んでくださったとは、われわれにとって大いなる栄誉です」

「すでに聞いているとは思うが、ここがもよりの基地だったのだ。将軍は移動で時間をむだにするのをいやがられたのでな」

ゾクウンも加わり、壁や床下まで透視して、かれらは住居をくまなく探した。だがそれだけ徹底した捜索をしても成果はなく、ほかの階や住居でもなにひとつ見つからなかった。

「盗んだ者は、見せしめに厳罰に処さねば」マアショルはふたたび同じことを口にした。

「そもそもこの基地惑星にはギャラクティカーが多すぎるのです。やつらはなんの役にもたたないというのに」

「かれらがいなければ、同族の生活に支障がでるだろう」とゾクウンは応じ、この世界の事情を把握していることを印象づけた。

「それでもやつらはわれわれの社会における異物です！」大尉の声は力をなくした。

「このあたりのようすを見られましたか？　兄弟の顔を見られましたか？　顔つきを見れば、だれもがほがらかさをなくしているのは明らかです。わたしも例外ではありません。われわれはなんと不運な種族なのでしょう。このようなつらい状況に耐えなければならないとは！　なぜわれわれは、静かに暮らすことが許されないのでしょう？　ギャラクティカーの存在は、われわれには耐えがたいのです。やつらをここから追いはらうべきです。われわれは、カンタロだけで生活がしたいのです」

「最上級司令本部の決定に不満があるのか？」

　マアショルは大きく目を見開いてゾクウンを見た。

「いいえ、とんでもない。そういうことではありません」かれはあわてて否定した。

「決められたことに不満があるわけではありません。われわれは、正しいことをしているのですから」かれは小さくため息をついた。「わかっています。そろそろわたしも、十五あるドラテインのどれかに行く必要があるのでしょう！」

「そのようだな。だがまずは、おまえの任務を遂行しろ！　まだ先は長そうだ」ゾクウンは大尉以外のカンタロたちのほうを向いた。「捜索をつづけろ！」

　かれらは去った。繭マスクをつけたヴァリオ＝５００もその建物を出て、特徴のある例の直方体の建物があるとわかっている方角へと足を向けた。

　ドラテイン。インターコスモにはそれに対応する言葉はないが、その名はおおよそ〝至福のとりで〟というような意味をあらわしていた。

　ドロイドがどういう存在かを解きあかす鍵のひとつは、そこにあるにちがいなかった。

　ゾクウンは足を速めた。テバイ・ガルノダとディルフェベールがクサトゥルのもとを訪れるころには、滞在先に戻っていたかった。

＊

かれは回診を終え、自分のオフィスに戻ってドアを閉めると、エア・シートに倒れこんで目を閉じた。ここ三十時間の出来ごとで、思っていたよりもはるかに体力を消耗していた。

アームバンド・テレカムがうなった。スイッチを入れると、警告を発するような、ブルー族の鋭い声が聞こえてきた。テバイ・ガルノダは弾かれたように立ちあがり、仕事机に飛びついた。

「こちらはディルフェベール。このメッセージを受信する全員にお知らせだ。スタジアムは閉鎖になった。今後はいっさい出入りできない。チームスポーツができなくなるのは残念だが、カンタロの決定は絶対だ。

連絡は以上。愛する友たちよ、いつかまた、どこかで会おう！」

「ディルフェベール！」

ガルノダはテレカムに叫んだが、反応はなかった。すぐに中心端末に向かい、物理学者の家の番号を選んだ。しかし、ブルー族は自宅にはいなかった。ガルノダの胸に不安がこみ上げた。信頼できる仲間でもある友の身が、心配でたまらなかった。

なにか起きたにちがいなかった。カンタロが、かれを連れにきたのだろうか。さっきの通信は、スポーツ施設でこっそりと会うことはもうできないという意味だろうか。今後はもう、連絡をとりあえないということだろうか。

いいや、もっと悪いなにかだ！　ディルフェベールは死を覚悟している。おそらく記憶解剖にかけられると思っているのだ。かれが黒か白かを見きわめるために。しかし、そうなれば、秘密が暴《あば》かれてしまう。ガルノダもまた、そのあと数時間以内に連行されることになるだろう。

そして最終的には、すべてが白日の下にさらされる。

テバイ・ガルノダの頭は真っ白になった。自分が医師であることも、自分を待っている患者がいることも、もうすでに頭にはなかった。

かれは自分の浮遊機を呼び、無難な目的地を選んで飛びたった。そこから先は、歩いていくつもりだった。

12

ゾクウンはその建物に、カンタロの女性グループといっしょに足を踏みいれた。直方体の内側には、部屋や階層の仕切りはいっさいなかった。床にはくぼみがいくつもあり、天井付近には数百もの球形のシントロニクスが浮いていて、頭がおかしくなりそうなほどの大量のハイパーエネルギーを放射していた。ヴァリオ＝500はすぐに反応し、体内のシントロニクス・ユニットにバリアを張った。これでしばらくは、かれのプラズマ・パーツが放射の影響を受けることはない。あやしまれないように注意しながら、自分の意思で思うように動くことができる。

かれは立ちどまり、あたりを見まわした。奥にあるくぼみには、ロボットに世話をされているカンタロたちがいた。ホールの中央には小型の構造物がいくつもあって、それらに襲いかかっているカンタロたちもいた。おそらくは破壊する目的でそうしているのだろうが、ドロイドが何度壊しても、それらはまた、ひとりでにもとに戻った。それでもかれらは、攻撃をやめようとはしなかった。

左の壁ぎわにあるなめらかな床には、両腕を上げ、恍惚《こうこつ》とした表情でその上をすべるカンタロたちがいた。右のくぼみにすわっているドロイドは、男も女も、呆《ほう》けたようにただ前を見ていた。

これが〝至福のとりで〟とは！　漂う雰囲気からいえば、むしろ墓場のようにヴァリオ＝５００には思われた。カンタロは心に問題を抱えるとこへきて、精神のバランスをとりもどしているのだ。かれらの意識をつくり出す脳は、有機的部分とシントロニクス部分の両方から成っている。このホールではハイパー放射がまき散らされていて、かれらの体内に組みこまれているシントロン・パーツと多くのモジュールに影響を与えているのだ。ただし外部からは完全に遮断されているため、これだけ大量の放射がなされていることは、建物の外からはわからない。

ゾクウンはしばらくのあいだ、かれらの異様なようすを観察したあと、くぼみのひとつへ行って、カンタロたちのあいだに腰をおろした。

ゾクウンがきてもだれひとり注意を向けることはなく、全員が前を見つめつづけていた。ゾクウンはからだにあたる放射を測った。人間やそのほかのヒューマノイドなら、おそらくこのなかでは二分ともたない。臓器や神経系に、回復不可能な障害が生じてしまう。だがレトルト培養されたカンタロには、このくらいの放射はどうということはないのだろう。

「つらいのか？」ゾクウンは右隣りの女に訊いた。

反応は返ってこなかった。彼女は声を出さずに唇を動かしながら、両腕を上下に揺らしはじめた。同じくぼみにいるほかのドロイドたちもまねをしたため、周囲から浮かないように、ゾクウンも腕を揺らしはじめた。自動監視カメラの場所はすでに特定していたし、ドラティンのどの部分が集中的に監視されているかも把握ずみだった。

ふたりのカンタロがくぼみに近づいてきて、指を広げた。

「ぼんやりしてないでかかってこいよ！」かれらは感情を逆なでするような声でささやいた。「やり合おうぜ！」

ふたりは同族の背後に立ち、蹴とばして挑発をはじめたが、だれひとり反応する者はいなかった。しかしゾクウンは背中を蹴られつづけることにうんざりし、腕をうしろへまわすと、ひとりの足をつかんでひとひねりした。カンタロはバランスを崩し、大きな金属音をたてて床に倒れた。もうひとりはからだごと飛びかかってきたが、少佐がそれをよけたため、くぼみのなかに転がりおちた。ゾクウンはくぼみを出て、裏口へ向かった。そこでなにかが起きていることに気づいていたからだ。同時に、無秩序にまき散らされているハイパー放射のなかから、かれはふたつの通信を読みとった。ゾクウンの気持ちがざわつきはじめた。

「いまいましい恒星ペストめ！」かれはカンタロ語で吐きすてるようにつぶやいた。

裏口で騒ぎが起きていた。ゾクウンは速足になり、そのうち走りはじめた。ホールを横切り、放射で酩酊《めいてい》していてかれをよけようとしないカンタロがいれば脇へ押しのけた。かれらのほとんどは倒れ、わめきながらもそのまま床に横たわっていた。

だがヴァリオ＝500は遅すぎた。

裏口に面した内側のドアが勢いよく開いた。それはブルー族だった。ギャラクティカーが駆けこんできて、カンタロのほうに突進してきた。それはブルー族だった。受信した通信のひとつから、ゾクウンにはそれがディルフェベールだとわかった。ここにきた動機は不明だったが、物理学者がカンタロに追われているのはわかっていた。造船所での爆発とかれとを関連づける、なんらかの証拠が見つかったのだ。

あのふたりがわれわれの計画を知ってさえいたら！　と、ヴァリオは思った。ここから逃げだす方法にいたるまで、準備はなにもかも整えられていたというのに。ガルノダは熱心すぎた。われわれと手を結んだあと、話の内容をすぐにブルー族にも知らせたのだろう。それを受けてブルー族は、造船所の接続をただちに破壊しようとしたにちがいない。

だが、もうもとには戻せない。

武装したグループがドラテインに突入してきた。かれらは同族に配慮することなく撃ちはじめ、何人ものドロイドがくずおれた。なかには重要なモジュールを撃たれ、爆発した者もいた。

ゾクウンは瞬時に心を決めた。正体を明かさないほうを選び、足をとめてホールの隅に飛びこんだ。ブルー族はかれに気づいたにちがいなかった。ふいに方向を変えると、かれの横を通りすぎ、ホールの中央に走っていった。ヴァリオはそのとき、ディルフェベールがなにをしようとしているかを理解した。

ディルフェベールは冷静で、かれの行動は計算しつくされていた。

生きてホールを出られないことはわかっているのだ。

ブルー族は足をとめ、追っ手との距離を縮めた。ホールにいくばくかの混乱が起きた。酩酊状態のカンタロたちは、侵入者の一団を攻撃しはじめた。武装した仲間を襲い、かなりの者が武器の奪取に成功した。銃撃をはじめたかれらは、一見やみくもに撃っているように見えたが、その実、ブルー族が撃つ方向をコントロールしていることにゾクウンは気づいた。かれはドロイドのいるほうに走っていた。幾人ものドロイドが銃に撃たれた。ディルフェベールは身をかがめ、左右に揺れながら進みつづけた。しかし、ついに正面から分子破壊銃にとらえられ、かれの上半身は一瞬にして煙と化した。

ゾクウンはその光景に背中を向けた。ゆっくりとくぼみのひとつに近づき、それに沿って歩いた。そして正面の出入口から、ドラテインをあとにした。外に出て、シントロニクス・システムのバリアを解除し、通信システムに接続すると、ゾクウンはクサトゥルにメッセージを送った。

ガルノダとマイケルソンは、ただちにクサトゥルのもとにくる必要があった。計画は、きわめて危険な状態にあった。

ゾクウンがドラテインで受信したふたつめの通信によれば、ナックの教育管理官の名は、アイシュポンというらしかった。

それは、繁殖惑星サンプソンで、将軍候補生の最高位教育管理官を務めていたナックの名前だった！

＊

クサトゥルは端末の上に身をかがめ、新しいデータを入力していた。ヴァリオ＝500はその隣りに立って、シントロニクスに耳をすませた。ロボットが不在のあいだも将軍は休みなく作業をつづけていたが、いまだにめぼしい成果はあがっていなかった。どれだけ試行錯誤を重ねても、防壁のように宇宙港の主記憶装置を囲むバリアに、かならず侵入をはばまれた。ゾクウンはついにあきらめた。

「これ以上つづけても意味はありません。直接的な方法をとるしかなさそうです。強引に侵入し、警報を発動させます。コードなしでは先へ進めません。あなたたちカンタロは、システムに非常に特殊な方法でセキュリティをほどこしている。コントロールファイルを通してすらコードのヒントがつかめないとは。目的の情報が、システム内にあるというのは確かなのですか？　シントロン・ネットワークから切りはなされた記憶装置にある可能性はないのでしょうか？」

「確かだ」と、将軍はいった。ヴァリオ＝500はまだ、自分が知ったことをかれに話していなかった。それを告げる機会は、どのみちすぐに訪れるだろうと考えたからだ。

それよりも、いまはマイケルソンを見つけるほうが先だった。

プフラコムは、それから半時間後にマイケルソンを連れてきた。ギャラクティカーと食事をしているところを連れだしてきたらしい。プフラコムはドアの前で背中を押して、かれを部屋に入らせた。

「逃げた患者をお連れしました、将軍」と、かれはいった。「これからこの男をどうされますか？」

「今後は、ここに置いておくことにする」クサトゥルがいうと、プフラコムは見るからに安堵したようすになった。

「承知しました。では、わたしは仕事に戻ります。このところ任務がおろそかになっていますので。ザトロムが戻ったら、いい顔はしないでしょう」

「だがそうなったのはこの捕虜が原因だ。捕虜の世話を命じたのはわたしなのだから、任務の遅れは不問になるだろう」将軍は冷静に言葉を返した。「必要があれば、また呼びだしをかける！」

プフラコムが転送機で姿を消すと、クサトゥルはマイケルソンとともに通信コネクタのある部屋に戻った。

「ガルノダがこちらへ向かっています！」と、ゾクウンがいった。「かれの浮遊機のIDシンボルを受信しました。これで全員そろいます！」

クサトゥルは目を大きく見開いた。

「しばらくひとりにしてください。あなたがたは出発の準備をお願いします。わたしは正面からシステムに侵入してみます！」

「ゾクウン、なにが起きた？」クサトゥルことショウダーは大声をだした。「説明してくれ！」

「プロフォス人が着いたら、すぐに説明します」

十分ほど待つと、テバイ・ガルノダは悄然《しょうぜん》としたようすで、徒歩で姿をあらわした。

「危険が迫っています」苦しそうにそういうと、ガルノダはディルフェベールが残したメッセージをひとこともたがわずくりかえした。

「まだ猶予はあります！」ヴァリオ＝500が居間のドアロにあらわれた。「ディルフェベールは死にました。かれが記憶解剖にかけられることはありません。ですからまだしばらくは、われわれは安全です。けれどそれも、ザトロムと教育管理官が戻るまでの話です」ヴァリオはロワ・ダントンのほうを向いた。

「この会話は、グッキーも聞いていますよね」

マイケルソンは肩をすくめた。

「グッキーには、《チョチャダアル》をいつでもスタートできる状態にしておいてもらわなくてはなりません。おそらく緊急脱出が必要になると思います」

「どうしてですか?」と、ガルノダが訊いた。「それはあのナック、アイシュポンと、なにか関係があるのですか?」

「これでもうおわかりでしょう」ゾクウンはクサトゥルにいうと、通信室に戻っていった。

13

もう我慢の限界だった。

グッキーはいらだちのあまり狭い隠し部屋をうろつきながら、冷蔵庫のドアに、怒りのこもったまなざしを何度も向けた。

いいや、ニンジンはいまは必要ない。食欲はもうすっかり失せていた。

イルトは腹がたって仕方がなかった。どうしてこうも頻繁に決断が変わるのか、まったく理解できなかった。クサトゥルははじめ、マイケルソンは自分とゾクウンのもとにとどまるべきだと主張した。なのに結局、テバイ・ガルノダがマイケルソンをクリニックに入院させるのを受けいれた。そして挙句の果てに、マイケルソンはひとりで街をさまよいだした。

ロワ・ダントンに自分からコンタクトをとることができたなら、グッキーはきっとどこかの時点で、とことんかれに意見しただろう。

しかしその一方で、マイケルソンがカンタロの街から伝えてくるイメージに、かれは熱心に耳を傾けもした。そうしたドロイドにまつわる情報のなかには、表面的なものもあれば深遠なものもあったが、それを聞いているうちにネズミ＝ビーバーは、テラの科学者たちがサイボーグを使ってガイアで実験していたころを思いだし、なんともいえない気分になった。サイボーグは独自の感情を持つようになり、結局はみずから破滅を招いた。ここにいるカンタロたちにも、同じような現象が起きているように思えた。

「くれぐれも気をつけてくれよ、マイクル」イルトはひとり、つぶやいた。「たったひとつでもへまをすれば、やつらにずたずたに引きさかれるぞ」

しかしテラナーに危険が及ぶことはなく、グッキーは胸をなでおろした。かれはギャラクティカーのところに行き、あらためて食事をとった。マイケルソンは食べもののことしか頭にないようで、自分の役割を実にうまくこなしていることがグッキーにも伝わってきた。まわりから見れば、餓死したりのどの渇きで死んだりすることへの強迫的な不安を抱え、つねに食糧や水を求めてさまよいつづけている男にしか見えないだろう。

その後、プフラコムはほかのカンタロたちの助けを借りてついにかれを見つけだし、クサトゥルのもとへ送りとどけた。その時点で、マイケルソンのラバト＝キシュでの放浪の旅も終わりを告げた。そしてそれ以降にマイケルソンの思考から読みとった情報は、ネズミ＝ビーバーをいっきに覚醒させた。

「よし、船をいつでもスタートできる状態にすればいいんだな」グッキーは受けとった思考を復唱した。「すぐにとりかかるよ」

《チョチャダアル》がいまどうなっているのか、グッキーにはわからなかった。周囲から完全に隔絶された場所にこもっていたため、この船にカンタロが入りこんでいたとしてもわからない。思考インパルスをとらえたことはなかったが、だからといってかれらがいないとはいいきれない。カンタロは有機的な脳を遮断して、シントロニクスの部分だけで思考ができる。そうなれば、かれらはテレパスにとっては存在しないも同然だからだ。

念のため、セランのヘルメットは閉じた。ただ待機するだけの時間とはこれでようやくおさらばだ。ハッチを開けて隠し部屋から出ると、歩いて司令室へと入った。そして慎重にあたりを見まわした。

なにもかも、ふたりのカンタロが船を出たときのままだった。非常灯だけがともされていた。自動警報システムはかれが正当な乗員であることを認識したため、アラームは作動しなかった。

「クサトゥルから指示があったんだ。船の装置を作動させるようにって」と、グッキーは大声でいった。「聞こえる?」

「もちろんです、グッキー」と、シントロンが応じた。「指示は即座に実行します。クサトゥルの名前を出す必要はありません!」

「よし！」グッキーはメインコンソールに移動して、装置の上に身をかがめ、システムを次々に作動させた。十五分もたたないうちに、船は大規模な発電装置を稼働させればいつでもスタートできる状態になった。エネルギー放射は、すでに遠くからでも測定できる。宇宙港の職員に、だれもいないはずの《チョチャダアル》でなにかが起きていることに気づかれてしまう恐れはあった。そうなれば、カンタロはクサトゥルに異状を伝えるだろうし、バリアもなしに港の端に停泊しているこの船には、ただちに部隊が送られてくるだろう。

グッキーはスーツの手袋をこすり合わせた。

「ほかにご用は？」聞こえないのはわかっているが、声に出して訊いてみた。ふたたび集中してロワ・ダントンの思考に耳を傾け、北地区の状況を追いかけた。介入するにはまだ早い。アマゴルタのデータにも、まだ侵入できてはいないようだった。

「ヴァリオ、ヴァリオ」グッキーはひとりごちた。「きみは本当にいろいろと楽しませてくれるよ。すぐにでも気持ちが落ちつくものを口にしないとやってらんないな。隠し部屋があんなに遠くなければなあ……」

そういいながらも、グッキーは歩きはじめた。

＊

ギャラクティカーに救われて以降、ショウダーが自制をなくしたのはこれがはじめてだった。カンタロの顔は黄色くなり、目は不自然なほど大きく見開かれていた。カンタロはすっかり理性をなくしたか、シントロンのモジュールのどれかが機能しなくなったのではないかとガルノダは不安になった。

「しっかりしてください、クサトゥル！」と、ガルノダはいった。「アイシュポンのなにがそんなに問題なのです？」

マイケルソンはかれに事情を説明した。テバイ・ガルノダは衝撃を受け、歯のあいだから細く息を吐きだした。

「そういうことだったんですね」かれは興奮をおさえるように、静かにいった。「あなたがたの計画にそんな途方もない裏があるなど、夢にも思いませんでした。はじめから、カンタロにあらがうためのなにかが進行しているのはわかっていましたが。かわいそうなディルフェベール。こんな運命は、かれにはふさわしくない」

「かれは英雄だ」クサトゥルはどうにか言葉を絞りだした。「わたしとはちがって、ディルフェベールは英雄だ。またしても、わたしはなんの役にもたてなかった。はじめからいままで、ずっと役たたずのままだ！」

「わたしはそうは思わない」マイケルソンは両手を伸ばし、ドロイドの肩をつかんだ。そしてその手に力をこめて、カンタロを軽く揺すった。

「われわれは目標にたどり着くために、この計画を実行した。外的な要因でアマゴルタのデータを手に入れることができないのなら、ほかの場所で、ほかの方法を試すまでだ。アンゲルマドンは、われわれにとっての終着駅ではない」

「目標にはたどり着かねばならないし、きっとたどり着けます。このヴァリオがついていることを忘れないでください」

「だれがついているですって？」と、ガルノダは驚いてたずねた。

「このゾクウンが、です！」

マイケルソンはガルノダに、そのカンタロがどういう存在なのかを説明した。プロフォス人はわずらわしい虫から逃れようとでもするかのように、首を左右に振った。

「なんということだ。もう、なにがなんだかわからなくなってきましたよ。少なくとも、こちらは本物ですか？」

クサトゥルを指してそういうと、将軍は上腕を軽くたたいた。

「わたしは正真正銘、本物のカンタロだ。幸運にも、わたしは死のインパルスを生きのびた。持てる力と知識のすべてを使って、わが種族を苦しめている死の悪夢に終止符を打つつもりだ」

「ならば、わたしに手を貸してください」通信室からゾクウンがいった。「いま、これらのシントロン・フィールドへのコンタクトを失うわけにはいかないのです。もうすぐ十三時になります」

ロボットがなにをいおうとしているかはだれにもわからなかったが、全員が通信室に行き、かれの仕事を見た。ロボットは、こんどは繭マスクを脱いでいなかった。ただちに逃げる必要が生じた場合、もう一度マスクをつけていては間に合わないからだ。それにマスクなしの姿を見られでもしたら、ヴァリオ＝500の卓越した能力がカンタロに知られてしまうことになる。そうなれば、その時点からカンタロは、同族にもそれ以外の者に対しても、かれらが本物なのか、それともなかにロボットが隠れているのかを逐一確かめるようになるだろう。

クサトゥルは端末に近づき、ゾクウンの指示にしたがった。よく見ると、少佐の左手からは、六十極フィールドコネクタを備えた触手のひとつが伸びていた。ヴァリオはそれを端末に接続し、将軍に合図を送った。

クサトゥルはシントロンに向かって話し、指示を与えた。シントロンは与えられた指示を次々と実行していった。ゾクウンはじっと耳を傾けた。唐突に甲高いアラーム音が鳴りだしたときでさえ、かれは微動だにしなかった。頭の向きだけを変え、目でロワ・ダントンに注意をうながした。

「これはわれわれに対する警報ではありません」と、かれはいった。「たったいま、遠隔点火装置によって、ディルフェベールの端末と主装置とをつなぐ接続が破壊されたのです。エネルギーの過熱によって複数の端末が機能しなくなり、それらをすべてとりかえなくてはならない状態になりました。では、いまから侵入します！」

ふたりの異なるカンタロは、無言で作業にとりくんだ。ガルノダとダントンはしばらくそのようすを見ていたが、最終的には居間に戻り、そこで待つことにした。

「かれはあなたの友だった」と、ロワがいった。「でしょう？」

「友であり、信頼の置ける仲間でもありました。あなたにも想像できるかと思いますが、期限つきの就労契約にサインするよりましな選択肢がない場合、行った先では、同じ境遇にある仲間とすぐに親しくなるものです。でもディルフェベールとの結びつきは、それ以上のものでした。わたしがほかの世界への配置換えを一度も申請しなかったのは、ここで、かれをはじめとする良い友に恵まれたからです。別の場所へ行けば、そのたびにまた一からはじめなければならないし、そのうちたちの悪い連中のいるところに行きつかないともかぎりません。そういう不安があったから、ここに残る決断をするのはそうむずかしくはありませんでした。カンタロのもとにいるギャラクティカーがとれる選択肢はかぎられています。学術的な知識のあるエリートは、契約下に置かれ、ドロイドに利用しつくされます。そしてひとつの契約が失効すれば、新しいほかの世界での契約にサインすることを強いられる。故郷にいる家族や友のもとへ帰ることはできないのです。与えられた運命のなかでできることだけで満足しなくてはなりません。地下にもぐったり、船を奪って逃げたりすれば自由をとりもどすことはできますが、そのためにはらわねばならない犠牲の大きさときたら！　一生奴隷として使われる身でないだけでもわたしは幸運です。奴隷に価値はありません。カンタロはいつでもギャラクティカーを殺せるし、それで責任を問われることもありません。法律でそう定められていて、しかもその法律は、カンタロが居住しているすべての世界で有効なのです」

テバイ・ガルノダは長いあいだテラナーを見つめ、それからかれの胸に視線を移した。水色のケープに隠れているが、そのあたりに細胞活性装置があることは知っていた。

「マイケルソン！」クサトゥルの声がした。「こちらへこい、マイケルソン！」

ロワ・ダントンはガルノダにここから動かないようにと手ぶりで伝え、ゆっくりと居間から出ると、端末のある部屋に入った。端末の上には映像フィールドが構築され、そこから指揮官のザトロムが見おろしていた。

「警報のせいで、予定より早くアンゲルマドンに戻ってまいりました、将軍」ロワの耳にザトロムの声が届いた。「見たところ、患者はつかまったようですな。安心しました。その男のおかげで、兵士たちは振りまわされっぱなしです」

「捕虜は、今後はここからいっさい出さないことにした。治療はすべてここで行なうよう、すでに指示を出してある」

「ガルノダはどこですか？」

「わからない。マイケルソンに注射をするために、とうにここにきていていいはずなのだが」

ザトロムは意図的に間を置いてから、先をつづけた。

「わたしは、あなたにお詫びをしなければなりません、将軍。正直に申しますと、わたしは将軍が持たれていた疑念には根拠がないと思っておりました。ですがガルノダは、わたしが考えていたような、忠実で信頼の置ける臣下ではなかったようなのです。かれは、妨害工作の嫌疑がかけられているブルー族のディルフェベールと、緊密に連絡をとりあっていました」

「わたしはギャラクティカーは決して信用しないことにしている。それがわたしの信条だ」と、クサトゥルは答えた。「夜にはここにくるのだろう、ザトロム？　それまでに、あのガルノダが姿を見せるといいのだが！」

「どうかその患者の重要性をいちばんにお考えください。ラバト＝キシュにはほかにも医師がおりますので！」

「わかっている。では、のちほど会おう！」

「わたしの前にも訪問客があるはずです。教育管理官が捕虜を見たいと申しておりました！」

「承知した！」

クサトゥルは接続を切ると、あたりをせわしなく歩きまわった。

「ナックはなにをしでかすかわからない！」と、声をあげた。「きわめて危険な状況です。マイケルソン、思考のコンタクトを切らないようにしてください！」

「つねに思考で状況は報告している。グッキーが介入のタイミングをはっきりとはかれるように。だが念のため、わたしの気はあまりそらさないようにしてくれ！」

マイケルソンはガルノダのもとへ戻ろうとしたが、居間にはだれもいなかった。シントロンによると、ガルノダはすでにこの建物を出たということだった。しかし、行先はわからない。かれは徒歩で外に出ていた。

ロワ・ダントンは思わず悪態をついた。ガルノダの浮遊機は、どこかに乗りすててあるにちがいない。あれはカンタロ所有の乗りものだ。徒歩で逃げ、きっと南地区にたどり着こうとしているのだろうが、かれを見つけて安全な場所に連れていける可能性は皆無に近い。グッキーですら無理だろう。無数にある思考のなかで、どうやってプロフォス人の思考を見つけることができるだろう？

ダントンは予想外の事態が起きたことを知らせにいった。クサトゥルは端末をはなれ、せわしなく視線を泳がせていた。

「もう船が着いた！」と、クサトゥルは叫んだ。

ロワ・ダントンは背後で物音を聞き、振りむいた。同時に鋭いアラーム音が鳴った。

宇宙港のメインシステムからの通知だ。基地全体に、戦闘準備に入れとの指示が出された。

通信室ではナックが実体化していた。床から半メートルほど浮いたところで、なにかの切れ端のような、殻におおわれた四肢を揺らしつづけていた。

〈グッキー！　頼む！〉ロワの思考がはしった。〈ここから連れだしてくれ！〉ゾクウンのからだから炎が噴きでた。どこかの開口部からナックに向けてパラライザーがはなたれ、相手が防御策をとるより早く、そのからだを麻痺させた。同時にイルトが姿をあらわし、ダントンの腕をつかんだ。ダントンの周囲が暗くなり、また明るくなった。

かれは《チョチャダアル》の司令室にいた。

「核融合炉のスイッチを入れといて！」グッキーはダントンに大声でいうと、また姿を消した。

グッキーはひとりずつ船へ運んだ。まずはアイシュポンを、それからクサトゥルを、そして最後にゾクウンを。ゾクウンの前腕は引きさかれ、血のような液体がしたたりおちていた。

「マスクがだいなしになってしまった」と、かれは淡々とした口調でいった。直後に船はスタートし、着陸床にエネルギー・バリアが構築される前に、勢いよく空へ飛びたった。さまざまな周回軌道に、将軍の船への攻撃命令を受けたこぶ型艦が待ちかまえていたが、《チョチャダアル》はみるみるうちに高度を上げ、それらの船を振りきった。

ザトロムから通信が入った。クサトゥルかアイシュポンと話したいといわれたが、シヨウダーはそれに応じなかった。ひどく疲れたようすでぐったりとシートにすわりこみ、ショウダーは教育管理官を見た。

ナックは司令室の中央に浮いたまま、麻痺が消えるのを待っていた。

アンゲルマドンにいた期間は短かったが、カンタロについて、いくつか重要な事実を知ることはできた。同族だけでいるときのカンタロは、ほとんどの面でごくふつうの、人間と大差ない生活を営んでいる。ただ、男女はいっしょに暮らしているものの、家族のようなまとまりは存在しない。ドロイドは、人間とは異なる方法で繁殖をしているからだ。女性は約五年おきに卵子バンクに行き、受精可能な生殖細胞をそこに預ける。男性も同じくらいの間隔で、精子を提供する。受精した卵細胞は孵化バンクで育てられ、二十カ月後、カンタロは成人し、繁殖施設をあとにする。

全体的にドロイドは、感情のとぼしい、同情すべき生きものに見えたが、ある意味では実際にそのとおりだった。かれらは定期的に鬱《うつ》になり、内面に分裂が起きているかのような徴候を示し、ひとりの例外もなく、そのふるまいにはときどき、不幸な子供時代を過ごしたことが見えかくれする。かれらがギャラクティカーの子供に接するときの態度には波があり、著しく問題のある行動をとる場合もあるため、ギャラクティカーはカンタロを見ると、かれらの目に触れないところに子供を隠す。アンゲルマドンは総じて憂鬱に支配されており、ドラテインは一時的に心を軽くするだけの場所でしかなかった。

カンタロにまつわる情報のうち、医学的なものは、マイケルソンの〝治療〟過程で、テバイ・ガルノダがもたらしてくれた。残りは、マイケルソンとゾクウンが突きとめたものだった。

そうした情報に関してクサトゥルはいっさいの口出しをせず、自分とは無関係だといわんばかりの態度をとった。

《チョチャダアル》は、惑星間の空間で隊列を組んでいた船がはなつ砲火をすべて突破し、逃げきった。こぶ型艦はチャチット星系から姿を消して、あらかじめプログラムされていたとおりに、銀河系の奥へと飛びさった。その後、二度のハイパー空間飛行で千光年ずつ移動をし、追っ手を完全に振りきったと確信できたところで、ナックが麻痺から覚醒した。装甲モジュールの反重力装置を活性化し、浮かんだままで司令官席へと近づくと、自称クサトゥルから五メートル離れたあたりで動きをとめた。

「おまえは逃げだす必要などなかったのだ、ショウダー」音声視覚マスクから声がした。「おまえの同行者も、わたしを麻痺させる必要はなかった。わたしはおまえたちのことを、カンタロに告げたりはしなかっただろう！」

それ以上は、アイシュポンはひとことも話そうとしなかった。どれだけ質問の集中砲火を浴びせかけられても、頑として答えようとはしなかった。

混乱に終止符を打ったのはグッキーだった。

「もうやめなよ！」と、鋭い声を出した。「話すつもりになったら、きっと自分から口を開くさ。とりあえず、アイシュポンはぼくらの捕虜だ。基地に連れていこう。それからどうするかは、ペリーが決めることだ！」

「そうですね」と、ショウダーはいった。「かれはわれわれの役にたつかもしれません し。もしかしたら、アマゴルタの座標を知っているかもしれない」

「それについては、もう調べる必要はありません」ヴァリオ＝500がいった。「ナックがあらわれるのと同じタイミングで、わたしのほうも、制御システムをこじ開けて、さまざまなデータファイルを破壊することに成功したのです。それによって錯綜したコードを、シントロンが整理している隙を利用しました」

「座標を入手できたのか？」ロワ・ダントンがゾクウンのほうに歩みよった。

「わたしの重要情報用記憶装置に保存してあります」ヴァリオ＝500が答えた。「ほかに質問は？」

マイクル・ローダンは開放的な笑い声をあげ、セラン越しにグッキーをたたいた。

「おい、ニンジンファン！　なにかいうことは？」

イルトは一本牙を見せ、腹立たしげにかれを見た。

「冷蔵庫の中身を知ってたの？」

「もちろん！」

「その情報を、ぼくに読みとられないようにずっと思考のなかで隠してたのか。いたずらがすぎるよ！」

《チョチャダアル》の司令室の雰囲気はいっきに明るくなった。だが司令官席だけは例外で、ショウダーは変わらず沈痛な表情を浮かべたままだった。ネズミ＝ビーバーはショウダーの前に立ち、両のこぶしを腰にあてた。

「なんでそんなに沈んでるのさ？」グッキーは不満もあらわにいった。「作戦は完全に成功したんだよ！」

「わかってます」と、カンタロは弱々しい声で答えた。「作戦は成功です。ですが、わが種族を自分の目的のために利用しているのはだれなんでしょう？　どうしてかれらはカンタロの歴史を改竄《かいざん》したのでしょう？　われわれのルーツはネイスクールにあることを、そしてアノリーから分派した種族であることを、知っている同族がひとりもいないのはなぜなんでしょう？　われわれに残されているのは、遺伝子に組みこまれた記憶だけです。祖先のことを考えると、胸がしめつけられるように苦しくなる。それはどうしてなんでしょう？」

それらの質問に、ひとつでも答えられる者はいなかった。

ロワ・ダントンはいった。「ひとつ、重大な問題がある。最上級司令本部は、いまではカンタロに少なくともふたりの裏切り者がいることを知っている。本来なら、カンタロの裏切りなどはありえないはずなのに。ザトロムやかれの上官は、是が非でもテバイ・ガルノダから情報を引きだそうとするだろう。そうなれば、なにもかもが明るみに出てしまうし、われわれはどこにいても追われることになるぞ」

「たったいまとらえたハイパー通信の内容によれば、その心配はなさそうです」ヴァリオはいった。「聞いてください」

14

エレク・テモスは陰鬱なうめき声をあげた。かれにはテバイ・ガルノダが理解できなかった。プロフォス人はかれの目の前に立ち、笑い声をあげていた。

「見ろ!」笑いながら苦しそうにそういうと、ガルノダはバッジを指した。それはガルノダのからだからはずしたもので、造船所でアコン人が怪我をしたとき、ロボットが使ったのと同じ消火ジェルに浸してあった。

バッジは溶けていた。ジェルは最初にプラスティックを、それから模様の金銀細工を溶解させた。

これで追跡の手段はなくなった。転送機で移動してしまえば、もうだれもかれを見つけることはできない。

「では、きてくれ!」アコン人はかれにいった。「いまのところ、わたしの偽装はまだだれにも見破られていない。だからわたしも、ある程度は自由に動くことができるんだ。北半球ではわたしの協力者が待っている。ただし気の短い人間だから、そう長くは待ってもらえない」

「人間なのか？」

「そうだ。どこかの植民地世界の出身らしい」

「わかった。どうもありがとう、エレク！」

「きみには借りがある。礼は不要だ！」

ガルノダはきらめくアーチに近づき、目を細めた。そしてふいに振りかえった。

「ひとつ教えてくれ、エレク。あのとき、沈黙の広場で起きたのは、あれは本当に事故だったのか、それとも妨害工作だったのか？」

「わたしは確かに学《がく》はないが、愚かではない」と、かれは答えた。「さあ、早く行け！この機械は十秒後にスイッチが切れる」

テバイ・ガルノダはアーチの下に立ち、非実体化した。到着した転送機の前では、三人の男が銃口をこちらへ向けて待っていた。だがそれを見ても、かれは驚きはしなかった。男たちはガルノダを見ると、銃をおろした。

「ガルノダだな」と、典型的なテラナーの外見をしたひとりがいった。「ギャラクティカーのホリデー・パラダイスへようこそ！」

「ありがとう！この場所はわたしも少しは知っているから、ホリデー・パークの近くまで連れていってもらえれば大丈夫だ。そこから先は、ひとりで行く」

「だが、パーク内から出て先へ行くのは無理だぞ。それより北の、氷の砂漠では生きられない」

「わかってる」と、医師は簡潔に答えた。

案内されてホリデー・パークにくると、テバイ・ガルノダはかれらに手を振って、背の高いシダのあいだに姿を消した。そしてパーク内を何周かしたあと、さっきとは別の出入口からふたたび休暇施設のなかへと戻っていった。かれはひたすら目的地をめざした。時間はある。あたりにだれもいなくなり、だれにも見られていないと確信を持てるまで待ってから、ガルノダは先へ歩いた。それを何度もくりかえしながら、少しずつ前に進んだ。思ったよりも時間はかからなかった。目の前に背の高い扉があらわれた。開閉メカニズムを動かすと、ゆっくりと音もなく、別世界への扉が上がった。ガルノダはあふれ出す熱を感じた。あまりのまぶしさに片手で目をおおいつつ、かれは一歩ずつ足を前に踏みだした。高温の熱が眉と髪を焦《こ》がし、ローブのすそが燃えあがった。だがガルノダは、そんなことは気にもとめていなかった。かれはただ、ひとつのことしか考えていなかった。

これで記憶が解剖されることはない。知られてはならないことがカンタロに漏れて、ギャラクティカーに損害を与えることもない。

クサトゥルのところを出る前に、すでに心は決めていた。だがこのときがこれほど早く訪れようとは、思ってもみなかった。

ガルノダはひとりだ。家族もなければ未来もない。だからこそこの決断ができた。

背後で扉が閉まった。歩いている手すりのないデッキには、もう先がなかった。

しかし、かれがそれに気づくことはなかった。

テバイ・ガルノダは、メインコンヴァーターの熱で溶けていた。そんなプロフォス人などはじめから存在していなかったかのように、かれのからだは消失していた。

死の瞬間、テバイ・ガルノダは幸せだった。

あとがきにかえて

安原実津

本書が刊行されるのは四月なので、少し時期のずれた話になってしまい恐縮だが、ドイツでは二月末に、連邦議会の総選挙があったばかりである。事前の世論調査どおり、第一党には中道右派の「キリスト教民主・社会同盟（CDU／CSU）」が返り咲き、四年ぶりに政権を握ることとなった。そして野党第一党は、こちらも事前の世論調査どおり、極右の「ドイツのための選択肢（AfD）」、という結果になった。AfDは、なんと議席数を倍増させたそうである。

ドイツでは二〇二四年から二〇二五年のはじめにかけて、移民系の住民による襲撃事件や殺傷事件が相次いで起こり、今度の選挙では移民問題が最大の争点となっていた。ドイツは出入国検査なしに国境を越えられるシェンゲン協定の加盟国なので、普段は隣町に行くような感覚で隣国に行けるのだが、二〇二四年の秋から期間限定で国境での検問が導入されるなど、移民・難民の取り締まりの強化が叫ばれるようになっていた。頻発した事件の動機は、どれもよくわかっていない。武装勢力ISのメンバーの疑いがあると報道された件もあったが、犯人が精神科で治療を受けていたというものも複数件あった。ドイツに入国するまでの過酷な体験から、移民や難民のなかには、精神に問題を抱えている人も少なくないのだという。

それにしても、ほんの十年くらい前は過激な主張をするだけのミニ政党だったAfDがいまや第二党というのは、なんとも複雑な思いがする。ドイツはナチス時代の反省から、右翼の台頭にはとても警戒心の強い国である。ネオナチのような過激派も一部には存在するが、一般的には愛国心を振りかざすことはあまりよしとされない向きがある。学校ではいまだにしっかりとナチスに関する歴史教育が行なわれてもいて、どうしてそんなことになったのか、どんなことをしたのか、それのなにが問題だったのか、そうしたことについて学んだり議論をしたりするのにかなりの時間が割かれている。それでもAfDがこれだけ票を伸ばすというのは、それだけ移民や難民の問題が大きくなりすぎたということなのだろうが、複雑な思いがするのは、単に極右が台頭してきたから、というだけの理由ではない。というのもこのAfD、いろいろな意味で極端なのだ。首をかしげたくなるような主張や発言も多く、どちらかというとずっとキワモノ的な見方をされてきた政党だった。極右だけに、移民反対で自国ファーストなのはもちろんだが、伝統的価値観を重視するとかで、ジェンダーに配慮した表現を嘲笑し、イスラム教徒の排斥を訴え、ドイツでは合法化されている同性婚の禁止を主張している。なのに今回の選挙の顔でもあった共同党首のアリス・ヴァイデルは、同性愛者で外国人のパートナーがいるというのもよくわからない。ＥＵやユーロにも反対で、親ロシアで、欧州議会ではフランスの国民連合等、各国の右派政党で構成される会派に加わっていたが、ナチスを擁護する発言をして、そうした極右の仲間たちからも除籍処分を受けている。中国の情報機関のためにスパイ活動を行なったとして、党の関係者が逮捕されたこともあった。いくら移民の問題があるからといって、本当にそこに票を投じて大丈夫？　と他国のことながら心配になる。ただ、どの政党も手を組みたがらないため、第二党でも、今回樹立される連立政権に入ることはありえないらしい。

今回の選挙は関心の高さでも話題になった。投票率は八十二・五パーセントで、一九九〇年のドイツ再統一以来、最高を記録したそうである。そしてＷａｈｌ《ヴァール》－Ｏ《オ》－Ｍａｔ《マート》の利用回数も、これまでで最多だったのだとか。Ｗａｈｌ－Ｏ－Ｍａｔというのは、国民の政治意識を高めるために、二〇〇二年に連邦政治教育センターが運営をはじめた、支持政党を見つけるためのオンラインサービスである。Ｗａｈｌ《ヴァール》（選挙）とＡｕｔｏｍａｔ《アオトマート》（自動販売機）を組みあわせた命名で、ウェブ上に公開されている三十八の質問に対して、「賛成」「中立」「反対」を選んだり、自分にとって重要なテーマを選んだりすると、意見の近い政党が、マッチング率の高いものからリストアップされる仕組みになっている。これらの質問は、各政党に事前にさまざまなテーマについて答えてもらい、回答に差異がみられたものを抽出してあるのだという。支持政党選びのツールとしてすっかり定着しており、これまでも利用回数はどんどん増えていたが、今回の選挙では二月六日のサービス開始から、二十三日の投票日までの期間に、二千六百万回の利用があったそうである。

ところで、話は少し変わるが、いま住んでいるところの近くには、比較的規模の大きなギムナジウムがある。ギムナジウムというのは大学進学をめざす中等教育機関で、十歳から十八歳までの生徒が主に通っている。〝主に〟とつけたのは、この年齢があくまでも目安だからで、学校によって、八年制のところもあれば九年制のところもある。おまけにドイツでは、点数が足りずに留年したり、学習内容があまり理解できなかったからとみずからすすんで留年したりすることは珍しくないので、二十歳でもまだギムナジウムの生徒、ということも充分ありえるのである。二〇二四年の欧州議会選挙のとき、この学校で、地域の各政党の関係者を招いた催しがあったと聞いた。まずはそれぞれの党の主張を述べてもらい、そのあと生徒会の仕切りで、政党関係者と生徒のあいだで質疑応答が行なわれたそうである。このときは、投票年齢がはじめて十六歳に引き下げられた欧州議会選挙だったので、わたしはその話を聞いて、どの政党も若年層の有権者を取りこもうと必死なのだな、と思った。十六歳以上なら、かなりの数の生徒が投票に行けることになる。ところがずいぶんあとになって、主催は学校側だったと知った。そして今度の選挙で、そのときの会は、投票年齢の引き下げに伴って開かれた特別なものではなかったのだと気づいた。今度の投票年齢は十八歳以上だったにもかかわらず、学校が政党関係者を招待して、やはり同じような討論会が開かれたというのだ。わたしは寡聞にして知らなかったのだが、こういう討論会は、どうやらドイツでは珍しいものではないらしい。選挙前に、さきほど述べたＷａｈｌ‐Ｏ‐Ｍａｔに興味本位でアクセスしてみたところ、「選挙前には、学校に政治家を招いた討論会がよく開かれますが、そのときの議論の素材としてもＷａｈｌ‐Ｏ‐Ｍａｔは役立ちます」といったことが書かれていた。政治家をわざわざ学校に招待するのは、政治参加をうながすための教育の一環だったのだ。サイトではほかにもいくつか、政治教育のための、授業でのＷａｈｌ‐Ｏ‐Ｍａｔの活用の仕方が紹介されていた。日本では、少なくともわたしの身近では、学校主催の政治家との討論会など聞いたことがなかったので、まったくピンときていなかった。

……とここまで書いたところで、そういう政治教育を受けている若者はどのくらい選挙に行っているのだろう、と気になったので、政府の統計サイトをチェックしてみた。だが、今回の選挙は終わって間もないせいか、年齢別の投票率はまだ掲載されていなかった。そこで前回、二〇二一年に行なわれた選挙の結果を見てみると、十八歳から二十四歳までの投票率は七十一パーセントしかなかったと書かれていた。わざわざ「しか」と書かれているのは、ほかの世代と比較すると低い、という意味のようだ。全世代のなかで、この世代の投票率が一番低い。そのため選挙結果は、六十歳以上がどこに票を投じるかによって大きく左右される、との解説がつけられていた。その点は日本と同じだが、日本と比較すると、二十四歳以下の七十一パーセントが投票しているというのはかなり多いように思える。近くのギムナジウムで行なわれる討論会でも、生徒からの質問は活発に出るし、政党の主張に矛盾があった場合は生徒がそれを指摘することもあるそうである。普段の政治経済の授業でも生徒間で議論することはあるというから、日本よりも政治や選挙は身近なのかもしれない。

第二次世界大戦時のナチスの反省から、ドイツでは愛国心を強調するのはあまりよいことではないのだ、と最初に聞いたのは、語学の勉強のためにはじめてドイツに長期滞在したときのことだった。確かに、堂々と国旗がひるがえっているような光景は、当時はどこにも見られなかった。もうかなり昔の話だが、それでも、そのころですでに戦後半世紀はたっていたので、同じ敗戦国の人間として、とても驚いた記憶がある。国旗を掲げることがタブーになっていたのは、ナチスが国威発揚のために国旗を使っていたことが理由らしい。ただ国旗に関しては、いまでは負のイメージは払拭されている。そのきっかけになったのは、二〇〇六年にドイツで開催された、サッカーのワールドカップだったそうだ。自国開催のうえに三位まで勝ちすすんだことで国じゅうが熱狂し、国旗をはためかせて応援したことで流れが変わったのだとか。

ドイツが難民の受けいれに寛容なのも、ナチス時代の反省からだと聞いたのもそのときだった。当時ドイツ語を勉強していた場には、難民としてきていた人たちもいたので、どうしてヨーロッパのほかの国ではなくドイツを選んだのか、と何人かに訊いてみた。するとかれらは、ドイツが一番受けいれてもらいやすかったからだ、と答えた。なかには、アフガニスタンでフランス語の医療通訳をやっていたけれど、フランス行きはかなわなかった、だからいままたドイツ語の勉強をしなきゃいけないんだ、と苦笑いをしている人もいた。

そのころのことを考えると、AfDのような政党が躍進している現状は、隔世の感がある。その後もドイツは移民・難民に寛容な国でありつづけ、シリアからも、ウクライナからもたくさんの人々を受けいれてきた。だが受けいれに寛容な空気は、だんだんと変わりつつある。物価高で節約しながら生活をしているすぐそばで、衣食住を税金で賄われた難民の人々が暮らし、ナイフで無差別に人々を襲ったり、車で人混みに突っこんだりする事件が起きるたびに、移民として受けいれた住民が犯人として逮捕されれば、右に傾く人が出てくるのもわからなくはない。

しかしその一方で、右傾化することへの強いアレルギーがある人たちもいるのは確かで、一月末にCDUが移民規制強化の動議を議会に提出したときには、党首が「AfDが動議を支持するならそれを受けいれる」旨の発言をし、実際にAfDが支持したことでそれが可決されると、極右と協力するなんて、と各地で抗議デモが起きていた。政界を引退したメルケル前首相までもが声明を発表し、古巣に苦言を呈した。

ただ、AfDが伸びている理由に関しては、わたしなどにはわかっていないこともきっといろいろとあるのだろうと思う。支持率や得票数をデータで見るだけで、それを肌で感じているわけではないからだ。AfDの支持基盤は、旧東ドイツの地域である。今回の選挙でも、旧東ドイツの州だけを見れば、一番票を集めているのはAfDだ。わたしはこれまでに何度かドイツに出たり入ったりしているが、現在を含めて東に住んだことは一度もない。いま住んでいるあたりでは、「あの人はAfDの支持者だから」というときには、言外に「だからちょっと変わった人なんだよ」というニュアンスが含まれている。AfDが旧東ドイツの地域で強いのは、移民問題だけが理由ではないらしい。再統一後三十五年もたつというのに、いまだに埋まらない東西の経済格差への不満が、現体制に反対する極右政党への支持に反映されているからだ、などと指摘されている。

今後ドイツがどういう方向に進むのか、わたしなどは一外国人の身ではあるが、気になるところである。

訳者略歴　ドイツ語・英語翻訳者
訳書『ペントゥ・カラパウへの道』
シドウ＆ヴルチェク，『水の惑星
レヤン　ローダンＮＥＯ』リッター
（以上早川書房刊）他多数

HM=Hayakawa Mystery
SF=Science Fiction
JA=Japanese Author
NV=Novel
NF=Nonfiction
FT=Fantasy

宇宙英雄ローダン・シリーズ〈735〉

アンゲルマドンの医師《いし》

〈SF2477〉

二〇二五年四月　二十日　印刷
二〇二五年四月二十五日　発行
（定価はカバーに表示してあります）

著者　ペーター・グリーゼ
　　　アルント・エルマー
訳者　安《やす》原《はら》実《み》津《つ》
発行者　早川　浩
発行所　株式会社　早川書房
郵便番号　一〇一－〇〇四六
東京都千代田区神田多町二ノ二
電話　〇三－三二五二－三一一一
振替　〇〇一六〇－三－四七七九九
https://www.hayakawa-online.co.jp

乱丁・落丁本は小社制作部宛お送り下さい。
送料小社負担にてお取りかえいたします。

印刷・信毎書籍印刷株式会社　製本・株式会社明光社
Printed and bound in Japan
ISBN978-4-15-012477-9 C0197